当代作家精品·小说卷　主编　凌翔

城外的月亮

金丽红　著

陕西新华出版传媒集团

太白文艺出版社·西安

图书在版编目（CIP）数据

城外的月亮 / 金丽红著. -- 西安 ：太白文艺出版
社，2022.10
ISBN 978-7-5513-2217-1

Ⅰ．①城… Ⅱ．①金… Ⅲ．①中篇小说－小说集－中
国－当代 Ⅳ．①I247.5

中国版本图书馆CIP数据核字（2022）第156981号

城外的月亮
CHENGWAI DE YUELIANG

作　　者	金丽红	
责任编辑	史　婷	
封面设计	陈　姝	
出版发行	陕西新华出版传媒集团 太 白 文 艺 出 版 社	
经　　销	新华书店	
印　　刷	涿州军迪印刷有限公司	
开　　本	710mm×1000mm　1/16	
字　　数	200千字	
印　　张	13	
版　　次	2022年10月第1版	
印　　次	2022年10月第1次印刷	
书　　号	ISBN 978-7-5513-2217-1	
定　　价	59.80元	

自序：在文字的行间里跳舞

这是我第一次给自己的书写序，也算是一次尝试和挑战吧。做任何事总有第一次，尝试和挑战，本身就是一种学习的过程。

说来惭愧，写文十余年，至今就出了两本书。第一本是合集，书名为《雪舞的日子》，2017年出版，序言是知名女作家燕华君老师写的。第二本是长篇小说《一念悠起》，于2020年7月和出版方签下了出书合同，但书还没下厂印刷，自然也还没收到样书。《一念悠起》的序言，由散文名家江寒雪老师所作。

值此出第三本书为自己写序之际，谨向为我前两本书写序的老师，表示由衷的感谢，感谢他们对我文学创作的帮助和关心。在此，也一并感谢所有在我成长道路上遇见的人和事。

我的第三本书，是一本中篇小说集，收录了三篇中篇小说，其中一篇小说名为《城外的月亮》，觉得该名适合做书名，便把它作为小说集的书名了。

和文学结缘，实属偶然，但偶然之中，也一定有其必然性。

我自小喜欢看书，看不同门类的书，这一爱好，源自我的父亲。我出生在农村，父母都是农民，父亲小学文化，母亲没读过书。

　　有小学文化的父亲喜欢看书，尤其爱看武侠书，一有机会便去书摊或书店淘书，当然，淘书的机会并不多。父亲有计划有节制地买喜欢的书，每次淘书时，也仅买一本，因为家中有三个正茁壮成长的孩子，他们所需的开销，足以让那个年代的父母的肩头沉甸甸的。

　　母亲对父亲说，你买一本书的钱，相当于我们一大家子两天的伙食费。说归说，但母亲从不阻拦父亲买书。

　　母亲是个典型的农村妇女，勤劳、朴实、善良，家中的大事小事都由她操持。她是家中长女，从小就挑起了生活重担，不仅帮着外婆照顾幼小的弟弟妹妹，还跟着外婆一起干农活。所以，作为长女的母亲没机会读书认字。

　　没能读上书的母亲，便把她的一腔遗憾，寄托在她的几个孩子身上，希望她的孩子好好学习文化，不要像她那样，大字不识几个。母亲常语重心长地对我们说："你们现在有条件读书，一定要好好念书，只要你们想读，我砸锅卖铁也要供你们念。"

　　父亲淘回家的书，便成为我小时候唯一的娱乐和爱好。一本书，我会反复看上几遍。爱看书的习惯一直保持到现在，虽然现在的娱乐生活和我小时候相比早已不可同日而语。或许受父亲影响很深，或许看书已经成了我的一种习惯，凡空闲之余，我就会拿出一本随身携带的书来阅读。

　　正是由于喜欢看书，我内心潜在的写作欲望被触发了，而长期积累的文学篇章，久而久之，便化成了我文字里的骨血和细胞。

　　在儿子升入高中那一年，为了给孩子营造良好的学习氛围，我们一家人达成了共识：当着孩子的面，不看电视，不玩电脑，不玩手机。自此，我的闲暇时光，就全部被文字占据了。

我写随笔，写散文，写小说，写诗歌。每次写好一篇，我就迫不及待拿给先生看，拿给儿子看，这其中有炫耀、自得的成分，但更多的是想以此鼓励儿子好好学习。尤其在写作方面，要像他妈妈那样，多看书，多下笔。虽然，那时我的文字还十分稚嫩。当然，时至今日，我的文字依然稚嫩。写作，学无止境，写无止境。

　　把写好的文章投报纸，投杂志，投网站，从最初的石沉大海，到第一篇散文在《扬子晚报》发表，至今，我还记忆犹新。那是2012年，我把写好的一篇一千多字的小散文《栀子花开了》，按照《扬子晚报》散文版面的投稿邮箱，无知无畏地给投了出去，之后，就把这事给忘了。当时，也是抱着试投投、瞎投投的心态。因为在那之前，也给很多刊物投过小说、诗歌和散文，但最终都是杳无音信。当然，没被刊物青睐的主要原因，肯定是我作品还不够成熟。

　　隔了大概半年之久，我收到了扬子晚报社寄来的稿费，五十元。稿费虽少，但对于正在文学道路上徘徊的我而言，无疑像是注入了一支强大的文学信念针剂。

　　一个偶然的因素，一次偶然的机会，在不年轻的年纪，遇见了文学，并走进了文学领域。遇见文学，喜欢上文学，是我成长路程上幸运的一件事。

　　有时候，有些事，有些情，有些话，无处倾诉，或者，用言语无法表达。但是文学可以，它可以使你化身不同的人物，在不同的情景、不同的故事里，用文字歌唱、跳舞，絮叨、泣诉。

　　因为文学，遇见了更好的自己。从此，踏上文学征程，领略文学的精彩和浩瀚，以及不可言说的奥妙。

金丽红

2020 年 12 月 26 日于姑苏

目　录

像紫薇花一样的女人

一

秦岭把一堆零钱分别归类，纸质钞票用牛皮筋捆扎，硬币掷于储蓄罐中。储蓄罐为卡通的机器猫形状，机器猫的头部一侧已有破损，透过破损处的小洞，可看到储蓄罐中摞起的硬币。

储蓄罐是几个孩子小时候的玩具之一。秦岭给的零花钱，孩子们有时没花完，剩下的零零碎碎，就放进了储蓄罐。几个月下来，积少成多，便可以买想要的学习用品，或玩具，或小吃食。

孩子们玩过的玩具，秦岭一直没舍得扔，当然，也没几件。包括孩子小时候穿的衣服，挑拣好一些的，存放在衣橱里，想着孙辈还能穿。还有一个原因，这些玩具、衣服，饱含着秦岭的一番心思，说穿了，就是用辛辛苦苦挣来的钱换来的，扔了多心疼。

这不，废弃的储蓄罐，被秦岭拿来存放硬币了，也算废物利用，物尽其用了。

随着电子产品时代的到来，孩子们的兴趣重心，也发生了翻天覆地的变化。游戏机、电脑、手机等一些电子产品，逐渐进入了寻常百姓家。

对于秦岭一家来说，此时的经济状况，还没达到"寻常百姓家"的标准，应该是标准线之下。虽然在这座城市已打拼了很多年，但辛苦挣下的钱，在用于日常开销、小店资金周转之外，就所剩无几了。至今，一家七口人，还挨挨挤挤地租住在不足四十平方米的小房子内。

但相对于同样在这座城市打拼的很多人而言，秦岭一家的日子，又还算是温饱有余了。毕竟，能维持小店经营，能糊口，还略有结余。

如果在这座城市能有一套属于自己的房子，那一生也就无憾了。这是秦岭，不，秦岭一家人的梦想。

因此，为实现这个梦想，全家人省吃俭用，起早贪黑，上午卖油条、大饼、包子、茶叶蛋，外加豆浆、黑米粥；下午卖油炸香肠、三角包、萝卜丝饼；晚上卖凉皮、酸辣粉。

小吃店全天供应，且花样繁多，价格又相对便宜，顾客自然络绎不绝，但小本买卖毕竟利润微薄。所以，要实现买房的愿望，不知道何年何月了。

前年，秦岭家添置了一台电脑，二手的，没花钱。隔壁美发店老板重新装修小店时，顺手把配置不高的电脑淘汰了。美发店老板用电脑，纯粹是玩游戏，电脑配置不高，影响游戏的流畅度不说，有些游戏甚至还不能玩。就在美发店老板把电脑当废物卖给收旧货的的当口，秦岭看见了，就讨要了过来，说给孩子学习用。

美发店老板听说给孩子学习用，很爽气，不但分文没收，还帮秦岭安装，教孩子使用。秦岭心里过意不去，就时常送一些她亲手做的点心过去。逢重大节日，秦岭就多炒几个菜，邀美发店老板到租住的屋子，同丈夫小朱一道喝酒过节。一来二往，两家人亲如一家。美发店老板喊小朱为哥，称秦岭为嫂。秦岭也拿他当亲兄弟看，还张罗着给他介绍女孩。

秦岭清点完营业额，锁上钱柜，又在记账本上记录好，做完这些扫尾工作，再看看挂在墙壁的闹钟，将近深夜十二点了。秦岭每天如此，深夜入睡，不到凌晨五点起床，日复一日，年复一年，这样的作息模式持续了约五年。估计，所有开小吃店的店主都是如此吧。

布帘隔断的里侧传来小朱的呼噜声，呼噜声中断，传出翻身的声音及床铺的嘎吱声，不久呼噜声又起。

秦岭掀开布帘，脱下衣服，钻进被小朱焐得暖暖的被窝。尽管秦岭的动作很轻，但还是惊醒了沉睡中的小朱。小朱一骨碌爬起来，翻身把秦岭压在身下，口中喃喃有词：老婆大人辛苦了。

床铺的嘎吱声持续了十多分钟，不久，又传来小朱的呼噜声，小朱的呼噜打得更响了。

秦岭躺在男人的怀抱里，一时却无法入睡，她还沉浸在男人狂风骤雨般的爱抚中。夫妻之间的那些事，不知从什么时候起，越来越公式化、程序化，没有前戏，更没有事后的卿卿我我。秦岭非常怀念刚和小朱成亲时的那段岁月，两人恩爱似蜜糖，形影不离，就好像是连体婴儿。但这样的光景没持续几年。

随着几个孩子的陆续降生，生活中的激情，被现实的柴米油盐消磨得几近殆尽。

隔壁房间里传来父母的呼噜声及孩子的呓语。秦岭听着听着，想着想着，翻了几个身，也进入了梦乡。

二

秦岭，出生于陕西秦岭大山下一户秦姓人家，祖辈世代居于此，从没走出过大山。父母给出生的第一个娃取了个与山脉相同的名儿，从中可看出父辈对大山的依赖和仰慕。

喝秦岭的水长大的秦岭，出落得像大山里盛开的紫薇花。一到六七月份，漫山遍野的紫薇，像一片片紫色的云霞。山风吹来，枝叶扶疏、花团锦簇的紫薇花随风摇曳，优雅的身姿像翩翩起舞的秦岭。

尽管秦岭被大山哺育得貌美如花，但性格一点都不像花儿般柔弱，这归结于秦岭的父母。秦岭父母在生了秦岭后，不到十年时间，又相继生了四个娃，都是清一色的女娃，连同秦岭在内，一共五个女孩，真正的五朵金花。

秦岭父亲岂肯甘心？不生出一个儿子，拿什么脸去见九泉下的秦氏先祖？村里人也会看他笑话、戳他脊梁骨。已经有一些风言风语传进他耳朵，说他天生是个生女娃的命，上辈子伤天害理，罚他这辈子断子绝孙。

可是，生孩子是两个人的事。秦岭母亲在生下第五朵小花后，说什么也不肯再生了，任凭秦岭父亲跪地乞求、拳打脚踢，秦岭母亲就是不妥协。她决绝地说，要么我死，要么我们离婚你再娶。

秦岭父亲当然不能让她死，她死了，五个嗷嗷待哺的孩子怎么办？离婚再娶，说得轻巧，有哪个女人肯嫁进这一穷二白三负债的家，还当五个娃的后妈？

经过几年的闹腾，秦岭父亲彻底断了再生娃的念头，对老婆也和颜悦色起来。村里人说一些风凉话，他只当没听见，过自己的日子，让别人说去吧。

自此，秦岭父亲的腰杆挺得直直的，说话的嗓门也恢复至从前。身为长女的秦岭，就被父亲当男孩一样养育教化，被视作可以继承秦氏香火的不二人选。

假小子秦岭，没有辜负父亲对她的期望。小时候，她是村里的孩子王，常领着小伙伴们爬树摘果子，上山挖野菜，下溪捉鱼虾，手脚灵活得像大山里的猴子，轻盈得如同大山上空的白云，男孩不敢做的事，她敢做。

秦岭所住的村子，三面环山，东临华山支脉，西伏太白山一隅，北靠终南山正峰。曾经有一位不知名的游方道人云游于此，他对村民们说，这是块风水宝地，日后，有将星诞生。

哪朝哪代的游方道人游历于此，早已无从考证。但这一说法却一直流传至今，村民们相信游方道人的话，说我们枕的是龙脉，喝的是龙泉，采天地精华，吸日月灵气，将星不日就要诞生。

据山村一位上了年纪的白发老人说，山村里出过状元，曾官拜当朝宰相，荣耀一世。修的山庄像皇宫一样豪华，用人上千。天天山珍海味。当秦岭和小伙伴们追问老人，哪朝哪代哪家出的状元时，老人眯起了细眼，摇头晃脑，看上去好像在回忆，但没一会儿，却响起了老人的呼噜声。大家只好无趣地一哄而散。

直到秦岭上了初中，历史老师解读当地县志时，历数地方名人，才知道明朝确实出过一位卢姓状元，曾官拜宰相，后遭人陷害，被皇帝贬谪至千里之外的僻壤之所，临死都未能回转家乡，最终，带着叶落归根的夙愿含恨九泉。历史老师讲解的大官史料和村里老人的口述倒是相吻合，但出生地有出入，是隔了一个山头的另一山村中人。

仰慕状元传说已久的秦岭，在假期与同学结伴，徒步踏过崎岖不平的山路，翻过一个山头，绕过几个村庄，花了大半天时间，终于见到了那位大官的故居。到达时，已近黄昏。

故居孤零零地坐落在山村的东侧，与附近村民居住的村庄相隔甚远。老人口中像皇宫一样豪华的山庄，早已不复存在。眼前的景致甚为破败，屋舍断墙残垣、千疮百孔，屋子四周杂草丛生，杂草长得比秦岭还要高，不时有山鸟出入。山鸟的鸣叫声，盘旋在寂静的山村上空，好像在昭告世人，山不转水转，水不转人转。天上飞的，地上跑的，一草一木，一砖一瓦，都是历史变迁的见证者。

很显然，山庄早已人去楼空。

荒凉的情景让秦岭感到一丝失望。村里老人和历史老师描绘的山庄的繁华景象，历历浮现在秦岭的脑海里。山庄朱门锦绣、雕梁画栋，一对威武的石狮蹲踞门前，傲视天下。门前车水马龙，宾客盈门，夜夜笙歌绕梁，舞曲翩翩，可谓盛极一时。而眼前的这般光景，不免让人唏嘘不已。真是应验了那"富不过三代""一代做官九代绝"的老话。

秦岭一边感叹，一边推开摇摇欲坠的大门，刚要抬起脚跨进门槛，一个沙哑的声音，飘飘忽忽从背后传来，小姑娘，里面危险。

突然冒出来的声音，把两人吓了一跳，但山川里野大的孩子，天不怕地不怕。尤其是秦岭，自小被父亲惯得上天入地般能耐，调皮捣蛋、恶作剧、搞破坏，无所不为。村民背后说她是孙猴子变身、程咬金转世。

她把自家养的雄鸡，活生生地变成了铁公鸡。院子里落下的一地鸡毛，被忽然而至的山风，吹得漫天乱舞。没了毛的赤膊鸡，咯咯直叫，满院子打圈。

从农田回家的父母，见此情景，哭笑不得。父亲没舍得打她，只是口头上骂了几句当作警告。当晚，便把鸡宰了，倒省了拔毛的事儿，熬了一大锅鲜味鸡汤，好久未见荤腥的五个孩子，咂吧着嘴，热热闹闹地吃了个精光，一点汤都没剩下。

自家的东西弄坏敲碎，别人管不着，但弄坏邻居家的，对方可不会善罢甘休。在物资极其匮乏的年代，一砖一瓦、一粒米一块布都是稀罕的物什。

顽皮的秦岭，常伙同玩伴搞破坏，自家好玩有趣的家什被拆得七零八落，邻居家的东西也跟着遭了殃。

邻居村人三天两头来告状。住在村子西头的村民王祖德，气呼呼来找秦岭父亲秦荣，向秦荣索赔一只羊，说我家圈养的羊跑了一只，找不着了，你赔我的羊。秦荣丈二和尚摸不着头脑，对寻上门来的邻居没好脸色，反问道，你的羊不见了，与我何干？凭什么要我赔你家的羊？

见秦荣不认账，王祖德气得双脚直跳，指着躲在秦荣背后的秦岭说，你，你，你问问你家孩子干的好事。原来，在家闲得发慌的秦岭，又外出和小伙伴一道玩耍，百般无聊中，顺手打开了王祖德家圈养羊的栅栏门。四五只羊，一哄而出，咩咩地撒腿欢跑，跑进山林、草丛、庄稼地。

正在家烧晚饭的王祖德，听到羊叫声，跑到外面一看，围栏里的羊，一只都不见了，赶紧喊来老婆四处找羊。五只羊，找回来了四只，还有一只始终不见踪影。这哪行啊？辛辛苦苦养了几年的羊，眼看就能卖钱了，说不见就不见了，还等着用卖羊的钱给儿子娶媳妇呢。

冤有头债有主，王祖德就寻上了秦岭家的门，要秦荣赔他家丢失的羊。他还把和秦岭一同玩耍的一个小伙伴找来当人证，就是担心口说无凭，秦荣父女不认账。

秦荣怎么可能不认账？损坏别人家的东西，赔偿是天经地义的事。没给人家好脸色，只是当时不知情罢了。

一命换一命，一羊换一羊。秦荣就从自家的羊圈中，牵出一只最肥最大的赔给王祖德，还附带打躬作揖，说一些赔罪的话，孩子我没教育好，你大人不计小人过，不看僧面看佛面，别和孩子一般见识。以后，我会好好管教的。

王祖德牵着肥羊，高高兴兴地回家了。可不高兴嘛，自家丢失的羊，虽说也是只成年羊，但比起秦荣赔他的羊，要略显小一些。

秦荣眼巴巴地看着羊被牵走，心里那个疼啊。本打算下半年把羊卖了，用卖羊的钱翻建几间小屋，给一天天长大的五个女儿住，她们可不能老是挤在一间屋子。唉，计划赶不上变化，看来，翻建小屋的计划要延后了。

心疼过后，一股怒火蹿起，此刻不教训，更待何时？他举起手中草鞭，高高扬起，口中怒骂，叫你淘！你以为我真不舍得打你吗？再不给你点教训，你要拆天了啊！

他鞭子举得老高，依照举起的高度、落下的力量和速度，一鞭子下去，保准秦岭背部皮开肉绽。眼看鞭子就要狠狠地落在秦岭身上，但就在即将落到身上那一刻，估计离后背还有 0.001 毫米时，秦荣手中的鞭子突然间不动了，停顿了几秒，鞭子重新扬起，这次落下的速度和力量，却是缓慢的，轻柔的，好像鸡毛掸子掸灰尘一般。

秦岭被父亲的鞭子掸得肉痒痒，就咯咯地笑出了声，一边笑一边还假装喊疼求饶，疼、疼、疼，爸爸，我下次不敢了，你饶了我吧。

父女俩的架势像演一出大戏，有表演的成分在内，是做给左邻右舍看的，表明孩子做错事，为父绝不姑息。还有，杀鸡给猴看。谁是鸡，谁是猴子？秦岭是鸡，四个妹妹是猴子，做了错事，就要打要罚，你们不能效仿姐姐的胡作非为。当然，主要目的是管教秦岭，不管是真打，还是雷声大雨点小，吓唬吓唬总能长点记性。

秦岭每次被父亲吓唬后，性子会稍微收敛一些，但好了伤疤忘了疼，何况，又不疼。不久，老毛病复发，依旧带领小伙伴们一起胡闹，在山村拆羊棚、掏鸡窝、打弹弓。活脱脱一个混世魔王。

她还有一手绝活，就是打弹弓，这使她如虎添翼，最终，险些酿成大祸。而这绝活的练就，却是得了父亲秦荣的真传。

秦荣是山村里有名的射箭手，只要是他瞄准的目标，基本上不会失手，村里人外送绰号"小花荣"。花荣是《水浒传》中的好汉之一，在梁山泊英雄中排行第九，有"百步穿杨"的功夫，号称"小李广"。当然，秦荣的射箭术与李广、花荣弹无虚发、百步穿杨的本领，还是有相当大的差距的。但在乡亲们的眼中，秦荣足可与他们媲美。又碰巧的是，秦荣和花荣都单名一个"荣"字，只是姓氏不同。

好汉不提当年勇。这是秦荣常挂在嘴边的一句话。射箭这活儿，与其他任何一项技艺一样，需要每天操练，不练，功夫就会退步，古语有"一日不练三日空"之说。

自从第一个娃出生后，秦荣照料妻儿的同时，还开垦土地、种植庄稼，摸弓箭的次数就大大减少了。到了第二个娃出生，秦荣基本上就与弓箭无缘了。这其中还有一个原因，就是国家三令五申禁止捕杀国家重点保护动物。万一在捕猎中，不小心错射了国家保护动物，那就摊上事儿了，说不定还会吃官司。

秦荣当然不肯冒这个险。自此，一把弓箭闲置在了泥墙上，时间一长，弓和弦老化断裂。秦岭妈妈看着碍眼，就地取材，拿它当烧饭的柴火，连同枯枝、稻草，一起扔进了炉膛中。

直到秦岭四岁，秦荣无意中发现，女儿对玻璃弹珠有非常大的兴趣。她模仿比她大一点的孩子玩弹珠，像模像样，而且手法娴熟。

山村里的孩子玩弹珠，玩法通常有两种，一种叫"出纲"，另一种叫"打地洞"。前一种玩法是在地上画线为界，看谁先把对方的玻璃珠打中，打中谁了，就把谁的弹珠赢过来，这有点像打桌球；后者是事先在地上挖出几个洞，先把弹珠打进洞的一方为赢，这与打高尔夫球有几分相似。

女儿小小年纪，竟然玩得有模有样，激起了秦荣内心深处沉睡几十年的童趣。小时候的他，是个玩弹珠高手，常常把小伙伴的玻璃珠子赢得"盆满钵满"，然后再通过物物交换的方式，把珠子还给小伙伴，索以猪草、木柴、土豆、玉米等乡间作物。

自此，秦荣一有空，便和女儿一起玩弹珠，待女儿稍大一点后，又教她玩弹弓。或许是天分，又或许叫熏陶，秦岭玩弹珠、弹弓的技艺，村上同龄孩子无人能及。兼为良师慈父的秦荣，颇为得意，心想，自己的一身绝活后继有人了。

秦岭玩弹弓，除了弹飞禽走兽，还弹物、弹人，反正能弹的都弹，弹大自然的也就罢了，无人来追究；弹屋舍家禽，村人至多口中训斥几句，也就是装装样子吓唬吓唬；但弹人弹伤了，可不是闹着玩的，小到皮开肉绽，大到伤筋致残，严重者，甚至引发命案。

村里的王大爷，偕同老伴儿在庄稼地翻土种菜，并闲聊家长里短的芝麻事儿。不料，人有三急，王大爷内急了。他放下锄头，钻进菜地附近的荒草丛中，正当酣畅淋漓一泻为快时，左眼被突然飞来的不明物体击中。即刻，一阵钻心的疼痛，王大爷一声大叫，捂住眼睛仰翻倒地，一股热流从指缝间顺着面颊流下，血腥味直冲鼻孔。

听到王大爷的惨叫，老伴儿赶忙循声钻进草丛中，只见王大爷满脸鲜血倒在地上，她吓坏了，跌跌撞撞钻出草丛，呼叫村里人。

赶来的村民把王大爷送到就近的医疗站，医疗站的医生说，我们站里医疗条件有限，要检查眼睛具体伤到什么程度，还得送往县医院。

村民们又赶紧把王大爷送往县医院。经过一番详细检查，县医院的医生说，王大爷的眼伤不算太严重，用点消炎、止血的药物。但一两个月内，不能下地，不能负重，要注意休息和用眼卫生，饮食要清淡容易消化，忌吃辛辣刺激食物。一周后再来复查。

王大娘目不识丁，医生讲的一番专业话于她而言，像是听天书，她不理解，也听不懂。她眼下最关心的，就是老伴儿的左眼会不会瞎掉，变成独眼龙。她疑惑地望望医生，又望望一道来的村民。

几个村民你一言我一语，把医生的话用方言翻译给王大娘听。医生说了，王大爷暂时不能下地，不能干活，不能搬重物，要躺在床上休息。不能吃辣的东西。一直到王大爷眼睛恢复。

这下，王大娘听明白了，她点了点头说，好的，我照医生的话做。那老头子的眼睛会瞎掉吗？

帮王大爷检查治疗的医生，是这样回答的，他说，大娘，现在还不好说，要看王大爷的病情发展。下周来复查，根据复查的结果，我才能下定论。

幸好，在经过一段时间的治疗和休养后，王大爷没有成为王大娘担心的独眼龙，但他的视力，却有一定程度的下降。

王大爷养伤期间，秦荣几乎天天登门看望，并包揽了王大爷家里所有的家务及农活。算是精诚所至，金石为开。最终，王大爷只让秦荣支付了他眼伤的医药费，其余什么营养费、误工费、护理费等，一概没提。都是乡里乡亲的，何况，秦荣代儿受过，认错态度没得说。再说，一个七八十岁的老头，哪能和不满八岁的孩子计较，就"大人"不计"小人"过了。

话说秦岭弹伤王大爷，也是无心之过。

那天下午，她带着弹弓，和几个小伙伴一道，照例这儿弹弹，那儿弹弹，看见什么，就弹什么。一个小伙伴指着远处一人高的荒草丛，喊道，秦岭，草丛里有一只大鸟，快弹，弹那儿。

秦岭顺着小伙伴所指方向，瞄准草丛里模糊的黑影，说时迟那时快，蚕豆粒大小的弹丸，直飞向草丛中的黑影，顷刻，一声惨叫从草丛中传出来。

就这样，秦岭误伤了王大爷。至于小伙伴看见的是大鸟，还是蹲在草丛里的王大爷，直到最后也没说出个所以然来。毕竟，孩子们年龄尚小，再说，看到满脸鲜血的王大爷，吓都吓坏了。

秦岭也吓坏了，握着弹弓的手，满手心都是汗。弹伤王大爷的皮弓，当下就被秦荣扔下了山崖。就此，秦岭再也没玩过弹弓。

眼伤恢复后的王大爷，没和小秦岭计较。但身为父亲的秦荣，这回真火了。他不但火，还心疼，不是心疼女儿，而是心疼家底。家底本来就薄，在接连生下五个娃后，背了不少外债。外债倒不愁，慢慢还，反正日子还长。山里人，靠种庄稼养牲畜为生，粮食吃不完，可以和牲畜一同拉到县城贩卖，也叫赶集。赶集的日子定在每月的初六，这天，小小的县城像过年一样热闹，集市上人山人海，车来车往，各种摊点应有尽有，点心摊、蔬菜摊、水果摊、家禽摊……那天的县城，像炸翻了锅似的热闹红火。

秦荣把粮食、牲畜拉到集市上，把换来的钱物还给乡亲，乡亲不收利息，也不计较你啥时归还，只要你认账。再说，谁家不遇到点难事，碰上事了，大家伸出手，借个几毛几块的，偶尔有借几十的，那真的是遇到大事了。但能借给乡邻几十元的人家，却是极少数，属于山村的富裕户。至于富裕户怎么发家致的富，村民只有眼热的份，他们各种猜测，有的说是祖上传下的，有的说是山上挖到的宝藏，也有的说在干见不得人的营生，莫衷一是。

就在外债归还得差不多，一家人生活开始见好了，却因为秦岭隔三岔五地惹祸，把原本就不殷实的家底，赔得一干二净，家中所能赔偿的，都一应贴补给了乡邻。这还不算，竟还差点闹出人命。

秦荣恼火，心塞，却是哑巴吃黄连，有苦说不出。女儿玩弹弓的技艺，完全是拜他所赐，他才是罪魁祸首。但他不能罚自己，他要维持一家之长的威严和权威。再者，教技与人，可没教她闯祸。

于是，一腔怒火就发到秦岭身上，这回，秦荣真的火了。他没收了女儿的弹弓、弹丸以及玻璃珠子，把这些曾引以为豪的破玩意儿，一股脑儿扔进了山谷深渊。又对着秦岭，劈头盖脸一阵打骂，败家子，家门不幸，我怎么生出你这么个玩意儿？同样是玩弹弓，我是把小伙伴的东西赢回家，可你倒好，把家里值钱不值钱的东西都给我赔光了。从今以后，不许在外面野，乖乖在家，做好女儿本分，洗衣做饭，看好你几个妹妹。

秦岭看到父亲扭曲的脸，吓得不敢作声，乖乖认罚。父亲这次是真打，下手还很重，草鞭抽打在身上，钻心的疼痛好似针扎。她没敢叫疼，只是轻轻地哼哼几声。她知道自己错了，有几个晚上，她都梦见王大爷站在她床前，满脸鲜血，样子极其恐怖。王大爷满脸鲜血的形象，一直定格在秦岭幼小的脑海里，挥之不去。

王大爷被小秦岭弹弓射伤眼睛一事，在山村中传开了。邻居背地里嘀咕，一个女孩子，被调教得男不男女不女，成天打闹闯祸，有伤风化，不成体统。难道游方道人的话应验在这孩子身上了？将星降临，哼，简直是灾星一个。

乡亲嘀咕归嘀咕，但哪能和孩子较真，就把孩子的一些不良行为归罪于父亲秦荣，子不教父之过，父亲管教无方，宠溺过度，家底赔光也活该。此后，村民但凡看见秦荣或秦岭，都远远避开，如同父女俩是瘟神一般。直到秦岭十岁上了学，成为一名品学兼优的学生，乡亲才逐渐对昔日的闯祸胚有了改观。

三

秦岭收住脚步，回过身，对着传出声音的荒草丛喊道，喂，你谁啊？出来说话，不要装神弄鬼，本姑娘可不是吓大的。

草丛里传出窸窸窣窣的声音，一个瘦削的身影出现在秦岭面前。那人衣衫褴褛，满脸胡须，乱糟糟的头发像鸡窝。看不出多大年纪，但一道目光如同一支冷箭，直射人的心窝，让人毛骨悚然。他眯起细眼，上下打量学生装扮的秦岭，一边打量一边反问，哪来的？口气不小啊，还本姑娘嘞，多大了？

秦岭挺直脖子，迎着那道目光，一脸不屑地回答，我为什么要告诉你？你先回答我你是谁？躲在草丛里做什么？秦岭说是这样说，还装得一副大无畏的样子，但内心多少有点小怯。毕竟，这荒山野岭人生地不熟，万一眼前这人是个坏人，对她俩实施个劫财劫色的，那可怎么好？

躲在秦岭身后的同学李梅，见此情景，吓坏了，身子不停地在发抖，两手紧紧拽着秦岭胳膊。秦岭左手握着同学的手，右手插在书包里不松手。原来，她的书包中藏有一把锋利的小刀。山里人出门走山路，习惯带把刀子防身。但秦岭是学生，带刀子防身的意识不强，而且学校明文规定，学生上学期间，不能带刀子之类的器物，一经发现，严肃处理。原因是该校曾经发生过血案，几个学生打架，最终引发命案，凶器就是学生携带的刀具。

秦岭不仅胆大，还心细，出门之前，突然想到两个单身女孩行走山路不安全，就偷拿了家中的一把刀。刀身约三十厘米长，十厘米宽，阳光一照，发出一道明晃晃冷飕飕的寒光，皮质的刀鞘。这是父亲的心爱之物。

父亲不轻易使用这把刀，他把它当成宝物一样收藏。父亲说，这把刀是秦岭爷爷留给他的，这是他的念想，想逝去的秦岭爷爷了，就打开抽屉取出刀，一边擦拭，一边把玩。父亲说这话时，还用了个成语"睹物思人"。

秦岭挪用了爷爷留给父亲的刀当作防身之物。她想，爷爷的在天之灵，一定会保佑她的。她紧握藏在书包里的刀子，浑身充满了力量。

那人见秦岭一副无所惧的样子，倒是被逗乐了。他咧嘴一笑，语气变得温和了一些，说，丫头，不是本村人吧，来游玩还是来探险的？

秦岭才不买他的账，口气依然强硬，你先告诉我，你是什么人？

那人见秦岭软硬不吃，摇了摇头，说，我是这村的村民，乡亲们管我叫马伯，一匹马的马。我报了名号，丫头，该你报了。

秦岭嘴撇了一下，心想，还一匹马的马嘞，一只邋里邋遢的狼还差不多。刚要出声，身后的李梅怯怯地说，马伯，我们是从山那边过来的，她叫秦岭，我叫李梅。我俩是同学。听我们学校的历史老师说，这儿是明朝大官的故居，是吗？

马伯瞅了瞅秦岭，意思是你哪像个女孩子，说话口气那么横，你同学李梅比你乖巧多了。马伯对李梅说，你们可问对人了，在这村上，没人比我了解这故居的前世今生。

李梅说，马伯，那你和我们讲讲呗。

秦岭在一旁插了一句，说，你躲在草丛里做甚？

马伯笑出了声，哈哈，好一个丫头片子，警惕性蛮高的嘛，还没忘了这茬啊。我在草丛里做甚？你说我做甚嘞？听说过人有三急吗？我屎急。

秦岭听到"屎急"两字，脸红了一下，语气缓和下来，但心中的疑问并没消除，又问道，我们要进故居，你说"里面危险"是什么意思？

马伯突然压低了声音，神秘地说，里面有鬼。

李梅一听有鬼，惊呼了一声，呀，有鬼啊，那我们不进去了。岭子，咱们回去吧。

秦岭听到有鬼，不但不害怕，反而兴奋起来。她说，鬼，鬼在哪里？马伯，带我捉鬼去。我，江湖人称"混世魔王"，可不是浪得虚名的。

马伯见吓唬不到秦岭，瞪了她一眼，说，你这丫头，哪有一点女孩样？以后，哪个男人敢娶你？

秦岭立刻回了一句，说，谁稀罕臭男人！

马伯说，嘴硬吧，说不定哪一天跟着臭男人跑了。马伯真是个乌鸦嘴。几年后，秦岭瞒着父母，跟着一个外乡人私奔，辗转到千里之外的地方谋生度日，生儿育女。自此，谋生地成了秦岭的第二故乡。

李梅紧拽秦岭的衣服，小声地问马伯，真的有鬼吗？不会是吓唬我们吧？

马伯没回答李梅的问话，只是向她挤了挤眼，说，看在你们大老远跑来的分上，我就带你们进去看看。

秦岭本想再回敬马伯一句，说，我们有手有脚有鼻子有眼，不劳你带，谁知道你安的什么心啊？话刚要出口，又被李梅抢先一步。

李梅说，好啊好啊，那谢谢马伯了。边说边扯了扯秦岭的衣服，这是手语，意思是不要再说了，这人生地不熟的地方，万一惹怒了他，我和你两个手无缚鸡之力的女生，要吃亏的。李梅虽然胆子小，但会察言观色，也会讲好听的话。

秦岭没再吭声，跟着马伯跨进饱经风霜的老屋。

马伯带着两人一边参观老宅，一边滔滔不绝讲起旧舍主人起家、发迹、辉煌及走向衰败的整段"历史"。他像说评书的先生似的，讲之前来了一段开场白：名利二字一堵墙，高人俱在里边藏。有人跳出墙之外，便是神仙不老方。他从明朝万历皇帝一直讲到"文化大革命"，从这家主人的宦海沉浮讲到其子孙后代命运的大起大落，最终，剩下这孤零零的破旧大宅，在风雨飘摇中见证人世间的悲欢离合、人情冷暖和世态炎凉。马伯讲得声情并茂，绘声绘色，动情处洒几滴热泪，悲愤处发几句牢骚。此时的他，不像是一位说客，更像是历史故事里的一角，或许，他已经和其中的某个角色融为一体，就像一位出色的演员，能把故事中的人物演活一样。

不知不觉，天色已黑。山里的夜，更厚，更浓，像一块密实的黑布，把老宅围得严严实实，见不得一丝光亮。山风，裹挟着鸟啾、虫鸣，还有几声犬吠，穿过屋顶、天井、花园，凉凉爽爽地钻进秦岭和李梅单薄的外衣里，两人不约而同打了个喷嚏。

马伯见状，趁着月色捡了一些枯柴枝，在老宅的一间屋子里生起了火，顿时，空荡荡的屋子有了些许生气和暖意。马伯又从口袋里掏出几个地瓜，架在篝火上烤，不一会儿，地瓜发出吱吱的响声，伴随柴枝的噼里啪啦声，好不热闹。地瓜散发的特有香味，引得秦岭和李梅口水直流。

秦岭的肚子早已饿得咕咕叫了，早上出门时，走得匆忙，早饭没来得及吃，从碗柜里拿了几根玉米棒、几个冷馒头。这些吃的，和李梅带的吃食，还没到中午，就被两人消灭光了。秦岭面对柴火堆里烤得外焦里黄的地瓜，双眼发出明亮的光，直勾勾地盯着地瓜，又咽了几下口水。如换在平时，她早已一个箭步火中取"瓜"，哪轮到它安安静静地伏在火堆里，等着别人来分发？

马伯看到秦岭一副馋样，和之前一副铮铮铁骨不屈不挠的样子大相径庭，不禁暗暗好笑。唉，毕竟是乳臭未干的黄毛丫头，看到吃的，就原形毕露了，这大概就是孩子的天性。马伯用木枝把火堆中的地瓜往外拨了拨，一个拨给秦岭，一个拨给李梅，还有一个留给自己。他对她俩说，吃吧，小心烫嘴。

秦岭吃得狼吞虎咽，边吃边说，烫、烫、香，真香，这是我吃到的最好吃的地瓜。饿极了，吃什么都是美味，何况，烤地瓜的香味属于勾魂摄魄的一类。秦岭没几口，就把一个香甜滚烫的地瓜卷进了肚子。吃完，咂吧着嘴，眼睛瞅着马伯那个原封不动的地瓜，问马伯，马伯，你怎么不吃啊？冷地瓜，可就没那么好吃了。

马伯笑了笑，把他那一个地瓜也拨给秦岭，说，我不饿，丫头，你把它吃了吧。

秦岭一点也不客气，拿起地瓜又开始吃起来，但这次的吃相温柔了许多，她像李梅一样，边吃边和马伯聊起家常来。

李梅吃地瓜的样子，确实比秦岭温柔多了，她剥开地瓜一头烤焦的皮，剥开一点，吃一点，小口地吃，这样既不烫嘴，又能吃出地瓜的美味。吃的同时，还和马伯说话。

马伯，你是他们家的亲戚吗？怎么对这家人的事知道得那么清楚？

李梅之所以这么问这么想，是因为历史老师在解读地方县志提起这位大官时，只讲了这位大官的生平，而关于大官的后人后事，地方县志里没有记载，历史老师也没有详说。而马伯却比历史老师知道得还要多还要详细，那就算他和这家人不是亲戚，至少也和这家人颇有渊源。李梅还注意到了马伯讲述时眼睛里泛起的光亮，那是晶莹的泪花。

马伯仰起头，闭起双眼，好像在回想往事。他黝黑的脸在篝火的映照下，更显得沧桑和厚重。马伯闭目了几分钟，然后，慢慢睁开眼睛，看了看李梅，缓缓地说，在我们这一带，没有人比我更了解这幢老宅所经历的一切。

秦岭也好奇地插上一句，问马伯，是啊，你知道得那么多，真的是这家人的亲戚吗？那这家人现在还有后人吗？

马伯叹了一口气，往火堆里加了些枯树枝，枯树枝顿时熊熊燃烧起来，吐出一串火苗。火苗像个顽皮的孩子，蹿得很高，蹦跶了几下，又安静地回到火堆中。

有后人，我就是卢家的后人之一。

秦岭和李梅大吃一惊，没想到眼前这位邋里邋遢的糟老头，竟就是卢家后人，怪不得这么了解卢家的前世今生了。

不对，姓不对，马伯你姓马，怎么不姓卢？秦岭提出了疑问。

马伯又幽幽地叹了口气，说道，我是卢家女儿的后人，自然不姓卢，也没随父姓，随了太婆婆的妈妈的姓。如果没有太婆婆妈妈，马伯就不存在了。

太婆婆，太婆婆的妈妈？又是怎么回事啊？秦岭和李梅一头雾水。

明朝熹宗天启年间，我太婆婆的妈妈，在卢家当丫鬟，是卢家小姐的贴身侍女，两人名义上是主仆，实际更像姐妹。小姐出嫁，太婆婆的妈妈作为陪嫁丫鬟，跟随小姐到了小姐的夫家。

　　补充一下，我们现在待的地方，就是卢家故居。卢家少主高中状元后，就在京城为官，步步为营。人到中年时，已是位极人臣，一人之下万人之上。家乡的老宅、族人，也跟着沾了光，老宅被翻建得雕梁画栋、富丽堂皇。少主每年回乡祭祖，地方上的官员就一茬一茬远道前来拜访，都是想攀上少主这高枝，达到升官和发财的目的。

　　或许，少主位高权重，被小人盯上了，在宰相位上不到两年，就遭人陷害，诬陷他私通敌国。皇帝听信谗言，龙颜大怒，不分青红皂白，把伴在他身边多年的臣子关进了大牢。半年后，皇帝一道圣旨，少主一家老少被充军到边疆，永不得归朝。

　　卢家遭遇灭顶之灾，牵连到小姐的夫家，小姐的夫家为明哲保身，一纸休书休了卢家小姐。小姐羞辱万分，想以死明志。小姐的陪嫁丫鬟，就是我太婆婆的妈妈，拼死阻拦小姐。她对小姐说，你千万不能寻死，你不为自己想，也要为腹中的孩子想，留得青山在，不怕没柴烧，君子报仇十年不晚。孩子是我们的希望，等孩子长大了，为老爷报仇雪耻。

　　一席话点醒梦中人，卢家小姐就此打住了轻生念头。但哪儿是她的容身之处？娘家人死的死，走的走，散的散，充军的充军，流放的流放，娘家府邸也被他人占据，她有家不能归。

　　又是太婆婆的妈妈提醒小姐，她说京城不能留，那咱们就回老家。两人就打扮成农妇模样，小姐长得美，为不引起别人的注意，太婆婆的妈妈用一些黑泥抹在小姐脸部。就这样，两人跋山涉水，千里迢迢，一路风餐露宿，吃尽苦头，从皇城返回秦川老家。

　　常说，天高皇帝远。小姐父亲修建的老宅，未受到冲击和损坏，但是门庭冷落，不复先前。原先养在老宅家的门童、管家、老妈子等，由于拿不到工钱，早已卷了铺盖作鸟兽散。当然，老宅中值钱不值钱的玩意儿，都一股脑儿被拿走了，只剩下空荡荡的厅堂、厢房、院落。

小姐和丫鬟就此在老家安顿了下来，日子虽然过得清苦，但好歹有个家，有个挡风避雨的地方。何况，老宅还十分宽敞。太婆婆的妈妈一边服侍小姐待产，一边在院落里种果蔬、养鸡鸭。幸好，善良纯朴的村民，对两位羸弱女子颇为照顾，时常指点太婆婆的妈妈如何管理菜园、照料家禽。一段时间下来，两人的生活基本上能自给自足。太婆婆的妈妈还做得一手好针线活儿，她给小姐未出世的孩子做了一身又一身的衣衫，又给村民送上她做的手帕、鞋袜、香囊等小物件。

十月怀胎一朝分娩，小姐终于盼到了这天，可谁料天有不测风云，人有旦夕祸福。小姐生孩子时大出血，血哗啦啦地流，浸透了床单、棉被。最终，小姐驾鹤西去，留下嗷嗷待哺的麟儿。

太婆婆的妈妈悲痛万分，本想跟着小姐一道去，但看到刚刚落地哇哇大哭的宝宝，一阵心酸。她不能走，她要好好的，好好地把小宝宝抚养长大。自此，太婆婆的妈妈就把小姐孩子当作自己的亲生骨肉，含辛茹苦，抚养孩子成长，一生没有嫁人。

在孩子十八岁那年，太婆婆的妈妈突发恶疾，撒手人寰前那一刻，她对孩子说出了实情，并嘱咐孩子不计前嫌，千里寻父，谋个好前程，为小姐家报仇雪耻。孩子遵从母命，一路坎坷，终于寻到亲生父亲家。亲生父亲经过求证、核实，证实前来寻父的小伙，确实是他的骨肉。亲父欣喜万分、无比激动，天上白白掉下一个大儿子，继承香火、绵延子嗣终于有了着落。于是，大摆筵席，宴请宾客，把儿子隆重引荐给官场的同僚及亲朋好友。

亲父力荐，又一路护佑，小姐的孩子在官场中也站稳了脚跟，打拼多年，官职一路攀升，做到礼部侍郎一职。但随着亲父过世，亲父一党又陆续散去，势单力薄的他，终究逃不过官场的尔虞我诈。他莫名地卷入一场政治斗争，最终，落得像他外祖父一样的命运，被贬到偏远的地方做了一名小官。当然，外祖父是充军，他是贬官，两者有本质区别。或许，他伤心至极，又或许，他看穿了人情的薄凉。他再也没回过皇城那个伤心地，也没回生他养他的秦川家乡。当然，母亲和养母的遗命，为母亲家报仇雪耻，他也没实现。但他将他其中一个孩子的姓氏，改随了养母的马姓，也算报答养母的养育之恩吧。

沧海桑田，斗转星移，岁月更替，几世离乱，不知道过了多少年，小姐孩子的后人辗转回到老宅。但老宅历经风霜，又被人为破坏，曾风光无限的老宅变得岌岌可危。原先曾居住在老宅的难民、村民，先后一个个搬迁到了别处。又不知从什么时候开始，老宅被传闹鬼，且越传越邪乎，有人目睹吊死鬼夜间出来作祟，披头散发，吐着一条猩红的长舌。自此，便很少有人光顾老宅，老宅就成了空房、危房，成了传说，成了历史的见证。

秦岭和李梅听得出神，不约而同问马伯，真有吊死鬼吗？

马伯神秘一笑，没作回答，摇头晃脑念了一句诗：假作真时真亦假，无为有处有还无。

还是李梅心细，她从马伯的神态中猜出了老宅闹鬼的缘由，她看看秦岭，再望望马伯，说，我知道了。

秦岭疑惑地问李梅，你知道什么了？

李梅说，远在天边近在眼前。

秦岭恍然大悟，脱口而出，说，吊死鬼是马伯扮的？

马伯一副未置可否的神态，说道，不可说，说不得，不能说，就让那些陈芝麻烂谷子埋入黄土安息吧。

就此，马伯打住话头，关于自己及老宅的所有，皆闭口不谈。秦岭却不依不饶，又好奇地提了几个问题，问马伯，你结婚了吗？你老婆呢？你有孩子吗？

马伯脸色凝重，对秦岭的提问置若罔闻。他走出屋子，不多时，腋下又夹了一些枯柴进来。马伯把枯柴置于篝火一侧，搭成仅两人睡的地铺，又往火堆里添了些树枝，对秦岭和李梅说，丫头，时间不早了，睡会儿，明天一早回家，免得你们爸妈担心。

秦岭见马伯一脸凝重的样子有些可怕，便不再说话，和李梅和衣相拥而卧。马伯则端坐在篝火旁，像一位入定的老僧，守着篝火，守着两个沉沉入睡的丫头。

那次一别，直到二十年后，秦岭才再次踏进卢宅大院。那时大院已修缮如初，成了一处历史名居建筑，成了山村的一个著名旅游景点。导游把小姐和丫鬟的故事，更是渲染得悲壮励志，丫鬟更是被传得如《岳飞传》里的岳母。岳母在岳飞背上刺"精忠报国"四字，告诫儿子报效国家，为国尽忠，史称"四大贤母"之一。丫鬟没给儿刺字，但她把小姐孩子当成自己亲儿，一生未嫁，含辛茹苦把养子培养成了朝廷的栋梁之材。她是忠心护主的义仆，她是深明大义的义母。这样一位贤母，也足以与岳母媲美。

作为卢宅故居的后人马伯，则不知所踪。秦岭向周边的村民打听马伯消息，村民们无一例外都说不知道、不清楚、没听说。

后来，同学李梅给秦岭带来一个确切消息。她说，马伯五年前已过世，当地政府给安排的后事，因为马伯是孤寡老人，政府把他列为五保户安置于敬老院，有专人照顾他的饮食起居。马伯就此住在敬老院，一住十多年，过世时很安详。

四

秦岭初中毕业后，没再继续读书，尽管中考分数远远超出县重点高中录取线。辍学原因就是父母无力供养五个孩子读书，所以，九年制义务教育一结束，身为长女的秦岭，便主动放弃学业，承担起家庭重任，和父母一道干农活、料理家务、照顾年幼的妹妹。

她初中的班主任是一位数学老师，有着三十多年教龄。他认为秦岭是可造之材，放弃学业务农是对人才的浪费。他几次登门造访，苦口婆心劝说秦荣，让秦岭继续读书，经济上有困难，大家一起想办法。言外之意，他可以给予一定的资助。他还对秦荣保证，以自己三十多年的教学经验，看学生基本不会走眼，秦岭将来一定能考个好大学。

老师的几番劝说，秦荣岂能无动于衷，但面对家中一贫如洗的现状，面对五个花朵般女儿的吃穿用度，秦荣犹豫了。虽说有句话，再苦不能苦孩子，再穷不能穷教育，只要孩子有出息，做父母的砸锅卖铁也要供孩子读书。但理想很丰满，现实很骨感，就算秦荣卖锅卖房，也换不了几个钱，仍然供不起五个孩子读书。再说老师资助，一个山村的中学老师，工资并不高，还不能保证月月到账，有时，积攒小半年才发一次。算了，自己家里的事，不能拖累别人。最终，秦荣狠狠心做了决定，牺牲长女秦岭的前程。

一晃几年，转眼，秦岭到了桃李之年。随着年岁的增长，秦岭儿时的一些男孩性格褪去了不少，逐渐出落成一位秀美娇俏的大姑娘，上门给她说亲的人络绎不绝。但听到要给秦家做上门女婿，那些个托媒提亲的青年，犹豫了，不乐意了，转而不见踪迹。但仍有几个青年坚持初衷，愿意入赘，做秦家的上门女婿。可秦岭不乐意了，她对父亲说，爹，瞧他们长得歪瓜裂枣的，我可不要，打死我也不要。

秦荣对女儿说，哪有你说的这么不堪？男人，靠的是一副好身板，干的是力气活，能干活肯吃苦就行。中看不中用的，你养着啊？但秦荣深知女儿脾气，女儿不愿意，绝不能硬来，她吃软不吃硬。

转眼又几年，和女儿同岁数的姑娘早一个个成为人妻人母，而女儿还待字闺中。这可愁煞了秦荣。

秦荣暗中和老婆商量，想什么样的办法让秦岭就范。这个家，这么多年，就靠我一个男力养活，实在力不从心，早添个男力，我们家就早点有希望摆脱窘境。

秦妈妈听男人这样说话，有点不高兴了。她说，当初是谁要这么多孩子的？我不想生，你偏要我生，像下猪崽似的。我这破身体，还有家里的情况，还不是生这么多孩子拖垮的。女儿是我身上掉下的肉，你不心疼，我心疼，那些个来提亲的小伙，我都看不上，女儿能看上吗？

被老婆这么一数落，秦荣心里更烦闷了，他也没好话地说，谁叫你的肚皮不争气，生了五个赔钱货，如生有一个男娃，我现在也不用心烦、着急，看你娘儿俩的脸色了。

生男生女这事，是老娘们儿决定的吗？老话说了，种瓜得瓜种豆得豆，你下什么样的种就收什么样的果，可不要赖在女人身上。秦妈妈不依不饶地反驳男人。

秦荣被老婆抢白得说不出话来，脸涨得通红，怒目圆睁，双拳紧握，一副想打人的架势。秦妈妈也不是吃素的，几十年夫妻的相处，她早就摸透男人的脾气了，男人吃软不吃硬，这点，秦岭也一样，随她爹的个性。

秦妈妈扑哧笑出声来，边笑边往男人身上蹭，口中却不服软，说，想打人是吧？你打吧，打死我算了，我一了百了，眼不见心不烦，你再去找个好的来伺候你。

秦荣被女人蹭得身上痒痒，心也痒痒，一股子闷火就此被女人的几下猫功夫蹭没了。他咧嘴笑了笑，握住女人的手，女人的手粗糙得如沙砾。想当初，女人也一朵花似的，皮肤嫩得能掐出水来。随着孩子的陆续出生，女人像个老妈子一样伺候老又伺候小，一朵花就此凋零。唉，她跟着我没过上一天好日子。想到这，秦荣心里升腾起一股柔情，柔情中带有内疚，他的手在女人的手背上来回摩挲，对女人说，孩她娘，你辛苦了。

秦妈妈的眼圈有点发红，这是自她生第一个孩子以来，男人第一次对她说这样的话。二十多年，两人像个机械的木头人，带娃，吃饭、干活、睡觉，基本上没有情感的交流。男人又天性木讷，不会讲好听的话，要从他嘴里吐出嘘寒问暖的话，比登天还难。秦妈妈也习惯了，日子过得紧巴，哪还有闲心讲出什么好听的话来，贫贱夫妻百事哀，连温情都变得这么金贵。

他爸，你也辛苦了。秦妈妈回了一句，这就算老夫老妻间的情话了。

两人不再互相埋怨，达成一致意见，心平气和商议秦岭的终身大事。

秦荣说，岭子的事不能一拖再拖，这事由不得她，自古就有"父母之命，媒妁之言"一说。孩她娘，你我步调要一致，你可不能唱反调，帮着岭子搭腔。当然，也不能硬逼岭子和人成亲，依她的性格，说不定会闹出什么事情来。

秦妈妈说，我哪能不知道女儿的脾气，她的性格就随你，像茅坑里的石头，又臭又硬，她是不会轻易屈服的。我是想不出来办法，你有什么好的法子？

秦荣笑了笑，说，只要你配合，保管岭子乖乖就范。秦荣把他的法子一五一十向老婆兜了个底，大概意思就是让老婆装病，且要装得毛病不轻，最好卧床不起。这样，家中的大小活就落在秦岭身上。秦荣则做甩手掌柜，不但不帮女儿分担，还要整天唉声叹气，愁眉不展，装作无心做任何事情的样子。重病的老娘不时再煽风点火，说一些哀伤的话，说她时日不多了，希望能看着秦岭早日成亲，她也死得瞑目了，不然，死不瞑目，没脸见秦氏先祖等。一旁的秦荣帮着搭腔，哀怜地红着眼眶，一边责怪自己，一边恳求女儿。他说，岭子啊，你娘这个病，是被生活拖累的，我对不起你娘，也对不起你。要想让你娘好起来，隔壁王奶奶出了一个主意，她说，让你成亲，说不定，你娘一高兴，病就好了。岭子，你不能见死不救啊。

知女莫若父，秦荣的这一招起了作用。秦岭脾气虽倔，但很孝顺，父母恩情大于天，她不能眼睁睁看娘离开，只要有一线希望，不管什么办法，也要把娘的病治好。不要说让她成亲，就是要她的命，她也会给娘的。

秦岭对父亲说，一切听凭父母做主。不久，她和邻村的一位小伙定了亲，说是小伙，但比秦岭整整大了十岁。小伙家中弟兄多，娶不起媳妇，成了老大难，没法子，就做别人家的上门女婿吧。

秦岭定亲不久，秦妈妈果然能起床了，又几日，秦妈妈身体恢复如前。秦荣就和小伙家商议，希望小伙早点进秦家门，以免夜长梦多。秦荣的提议，正中小伙父母心，儿子的婚事，一直是父母的心头大患，讨不上媳妇，不但邻居笑话，父母看了也心烦，虽然是做上门女婿，但总归比待在家里要好。小伙家答应得爽快，就等择个良日，一个娶，一个嫁。

自从秦岭定亲，家里就热闹起来了，粉刷新房，打造家具。秦家虽然是穷苦人家，但对结婚这事，却不能马虎，因为秦岭作为秦家的长女，当儿子一般"娶媳妇"生子给秦家继承香火，所以，尽管日子拮据，秦家的表面文章也要做得光鲜一些，以免落乡邻口舌。

白石灰水粉刷墙壁，一两天就结束了。打造家具这些木工活，却要费些时日。其实，家具就三件，一张两米长的床，一套衣柜及一个五斗橱。秦岭还想要一张梳妆台，秦荣为满足女儿愿望，向小伙家开口，最好陪嫁一张梳妆台，其他物件可少些。秦荣口气相当委婉，也知道男方家的生活过得不易。

打造家具的木工，是父子俩，外乡人，秦荣经邻居牵线请来的。邻居说，这做木工的，不但活做得精细，价格还比其他木工要便宜。秦荣听到价格便宜，就毫不犹豫把这父子俩请来为女儿打造结婚家具。

木头是现成的，秦荣早就备好了，橡木做床，樟木做五斗橱，松木做衣柜。常说靠山吃山，靠水吃水，山上树木多的是。当然，不是任何树木都可以用来做家具的，要看材质，还要看树龄。松树和樟树，山上长得多，要多少有多少，但做床的橡木，却不容易找。秦荣跑遍了几个山头，好不容易寻到几棵橡树，但树龄在二十年以上的，却少之又少，而做床的木材，一定要选好的，橡木做床，结实牢固。床很关键，如果床不结实不牢固，那么，人睡在床上，可想而知，会发生什么样的情况。功夫不负有心人，最终，秦荣找到了满意的橡树，足可以打造一张一米八宽、两米长的大床。

做木工活的父子，来自江苏，经年累月外面跑，跑了许多地方，由于木工活做得好，价格又公道，自然，邀他们做木工活的主顾便络绎不绝。主顾满意，口口相传，父子俩的名声就越传越远。

秦荣称呼做木工的父子为老朱和小朱，老朱年纪比秦荣稍长几岁，小朱和秦岭年纪相仿。由于老朱和小朱是外乡人，所以，每到一家做工，吃住就在东家。当然，吃住的开销要从工钱中扣除。

打造家具的这些时日，秦荣一家和老朱、小朱倒是相处得十分和谐。尤其是秦家五个女孩子，看到外乡人进家，又同一张桌子吃饭，同一屋檐下睡觉，新奇加兴奋，有事没事就往做木工的老朱、小朱那儿凑，你一句，我一句，问东问西。小朱一副乐呵呵的样子，不嫌烦，耐心回答五姐妹抛来的各样问话，但手中的活儿却一点也不慢。

秦荣也高兴，女儿的终身大事尘埃落定，了却了他的心头之患，就等婚期到，新女婿进门，那他身上养家糊口的担子可就卸下了。他呢，给小两口出出主意，打打下手，做家庭顾问，姜还是老的辣，大主意大方向得他拿，他把握。年轻人毕竟没经历过多少事，考虑事情总归不太周全。所以，一家之主的大权暂时不能旁落，或许，女儿生了娃，他抱抱孙、逗逗娃，享受天伦之乐，那时，彻底做个甩手掌柜也不迟。

秦家五个女儿和小朱打得火热，朱哥哥长朱哥哥短，尤其是秦家小女儿，小朱一得空，就缠着小朱讲故事。身为长女的秦岭，即将步入婚姻殿堂，所以，和一位年纪相仿的陌生男子一个屋檐下相处，倒显得有点尴尬。她不能像四位妹妹一样，和小朱无所顾忌地说这说那，为了避嫌，她总是躲在几个妹妹身后，听他们讲话，听得有趣处，掩着小口窃笑。

秦荣和老朱也聊得投机。晚饭时，两人一道喝喝小酒，谈天说地，谈当父亲的责任和不易。但基本上都是老朱讲，老朱常年在外面跑，所见所闻多，肚子里的故事也多。秦荣讲得少，听得多，他没走出过大山，见到的听到的，就是山里的那点事。

一个月的时间，三件家具完美地呈现在粉刷好的新房内，顿时，新房焕然一新，喜气十足。结算工钱的那一天，秦荣为了表达心中的谢意，特地吩咐老婆多烧了几个菜，宴请老朱和小朱，并且声明，这一顿夜饭不算在工钱内。

秦荣和老朱把酒言欢，谈谈说说，说说笑笑，不经意地喝多了酒。秦荣喝得醉醺醺的，低着头，闷声不说话。老朱估计酒喝得少，又或许酒量好，看不出一点醉意，他见东家醉成这样，就吩咐小朱搀扶秦荣回房休息，席也就散了。

秦荣做梦也没想到，就在他沉沉入睡的那晚，在他准备迎接新生活的当口，他的爱女，继承秦家香火的长女，突然失踪了，不是失踪，是跟着人家跑了，换句话讲，跟男人私奔了。

秦岭留下一张字条，上面寥寥数语，写道：爹，娘，女儿走了，女儿不孝，我一定会回来报答父母的养育之恩。

秦荣又是气恼又是羞愧，气恼女儿不顾廉耻，不顾父母感受，不顾一切玩失踪。她虽然没讲她跟谁走了，去哪儿了，但明眼人都清楚，她是跟着做木工的父子俩走了。

出了这样的事，秦荣的脸面都丢尽了。乡亲们背后指指点点，还添油加醋，说什么话的都有。那些不堪话飘飘忽忽传到秦荣耳朵里，说秦岭贪图木工家的钱财，和父子俩有染，木工做家具的那些日子，秦岭就出入了老朱小朱房间。

秦荣听了气得差一点喷出血来，但他只能憋着，女儿跟人跑了，这是事实。亲家那边又差人来问缘由，这既定的亲事怎么办？能怎么办呢？人都不见了，和谁成亲？秦荣赔笑脸打躬作揖道歉，答应赔偿小伙家为筹备婚事产生的费用。

终于，秦荣病倒了，开始是心病，时间长了，转化为身体上的病，表现为胃痛，痛得起不了床。乡村医生开了药，吃了半个月，秦荣就不吃了，因为没啥效果。医生说，胃病主要靠养，要慢慢调理，心要宽，食要软，气要顺。

秦岭娘倒是表现得很平静，不气不恼，对村人传来的闲话只当没听见，反过来安慰男人，当那些混账话放屁，我生的女儿我有数，岭子不是那样的人。或许，在岭子娘的心里，女儿的幸福是第一位的。都是女人，女人懂女人的心思。岭子追求她的真爱去了。

秦荣仍气呼呼地说，就当我没有这个女儿。

五

秦岭遵从父命和邻村小伙定亲，表面上看不出她开心不开心，实际心里有一千个一万个不情愿。但她是长女，是秦家姓氏的继承人，她的终身大事，由不得自己做主。

为使秦岭就范，父母在她面前合演一出苦肉计大戏，他们自以为演得天衣无缝，其实，秦岭早看出父母是在演戏，还是一出演技拙劣的戏。但秦岭没戳穿，将计就计，顺从父母意愿。父母在女儿面前演戏，可她不敢拿母亲性命当儿戏。

秦岭想起了读初中时，班主任老师常挂在嘴上的一句话：人生不如意之事十之八九，常思一二，不思八九。讲这句话的班主任，就是几次登门劝说秦岭不要放弃学业，有着三十多年教龄的老教师。老师都这样说，或许，老师也有太多的不如意，所以，常常感慨。或许，世人都一样有太多的不如意，那父母的不如意呢，一定也有很多。

木匠小朱的到来，不仅打翻了秦荣的如意算盘，还彻底改变了秦岭的人生轨迹。

小朱名叫自强，父亲老朱取的名字，寓意男儿当自强。小朱出生没几个小时，娘亲就走了。娘亲难产，大出血，没抢救过来，在剩最后一口气时，娘亲叮嘱男人，不能委屈了儿子，把他培养成人，再给他娶一房媳妇，为朱家传宗接代。就这样，娘亲带着不舍、眷恋和遗憾，离开人世去了极乐世界。自此，老朱和小朱相依为命。

二十几年的光阴，老朱既当爹又当妈，辛辛苦苦把儿子拉扯大。有人给老朱说媒，说一个没有女人的家不像家，让老朱再找个女人给他洗洗涮涮暖暖被窝，照顾他爷儿俩。老朱不是没想过，一个单身男人独自带娃，要养家，还当爹当娘，个中滋味只有自己心里清楚。但老婆临终前的话一直历历在耳，万一，找进家的女人委屈了儿子呢？生活中后妈虐待继子的事例不少。于是，老朱委婉地拒绝了，他说，自强还小，等他大一点再考虑。

一晃，小朱长成了大小伙。小朱虽然自幼没娘亲，但老朱对他呵护有加，从没让他缺衣少食，别人家孩子有的，小朱也不少，当然，除了缺少娘亲的爱。物质上的保障得益于老朱的一技之长，老朱是个木匠，木工活做得好，人缘也好，同门弟兄看他一个人带娃不容易，又各方面周济照顾着他，有活会叫他一起做。

小朱初中毕业，没再继续读书。小朱辍学和秦岭辍学的情况不同，秦岭因为家贫，父亲无力供她读书，没奈何，只能放弃学业帮着父母一起挑起家庭的重担。小朱因为功课不好，高中没考上，读技校吧，不但钱花了，还不一定能学到什么技术，倒不如跟着父亲老朱学木工手艺。

老朱遂小朱的心愿，他说，你想读书，做爹的砸锅卖铁也供你读。当然，老朱不需要砸锅卖铁，他有这个经济实力供小朱读书。假使你真不想念书，跟爹学手艺，我没意见，但学好一门手艺，不是你想的那么轻松，要做好吃苦的准备。老话有，做学徒先吃"三年萝卜干饭"。啥意思呢？就是做学徒的三年里，学徒必须忍辱负重，承受师傅的任何责骂与刁难，这三年不但一文钱不拿，还要干最苦的活，吃最差的饭，师傅们上桌吃肉喝汤，学徒是上不了桌面的，一碗白饭，萝卜干当菜就着吃，学满三年才能出师。想当初，为父学手艺时，就是这么熬过来的。

小朱耸了耸肩，笑嘻嘻地对老朱说，爹，你不会也那样对我吧？

老朱也笑着说，那可保不齐。

当然，这是父子俩的玩笑话，玩笑归玩笑，父子俩可一点也不含糊，一个认真带，一个用心学。小朱偷懒了，老朱该说的说，该骂的也会骂上几句。一年下来，小朱的木工技艺得到了同行们的肯定。老朱颇为得意，心想，小子确是块木工料，三年出师，他仅一年就把老子的看家本领学到手了，要不了三五年，小子的木工技艺要赶上他老爹了。

果真，小朱跟随父亲做了多年的木工，木工技艺进一步娴熟，主要是木件的制作设计高出别人一筹。小朱年轻有文化，虽然只有初中文化水平，但毕竟比他小学也没毕业的老爹多喝了几年墨水，再加上他头脑活络，善于钻研，创新意识又强，所以，小朱常给雇他的主顾或家具厂老板提一些制作款式及造型方面的建议，而他提的那些建议，大都能被采纳。因此，小朱在圈内的名气一点也不输他爹老朱。

父子联手，其利断金。小朱十八岁那年，老朱带小朱离开了家乡，四海为家，闯荡江湖，从此，父子俩再没回到故乡。

他们在家乡木工活做得好好的，为什么要舍近求远背井离乡呢？其中的原因说出来有些无奈。其实，原因也很简单，老朱父子被同行联手打压，同行故意散播谣言，对父子俩进行人身攻击，名声搞臭了，那原本要寻老朱打造家具的主顾，便转而找其他人了。

讲什么的都有。有的说，老朱为什么那么多年单身而不寻女人成个家，因为他心理变态。小朱小时，担心寻了女人，女人虐待他儿，如今，小朱成大小伙了，这个顾虑应该没有了，他还不寻，不是心理变态那一定不是个正常男人了。有的说，他有相好的，好几个呢，他还与找他做木工活的东家女人睡觉。这个老朱艳福真不浅啊，财色双收。还有的说，小朱命硬，一出生就把娘克死了，他身上带有霉运，到谁家，谁家要倒霉。

这些话传到老朱的耳朵里，老朱笑了笑，事实如何，他自己心中有数。说穿了，父子俩遭到同行的嫉妒，他们眼红了，谁让钱都叫你们父子赚去了呢？想当初，小朱年幼时，一起做木工活的同行，看到老朱当爹当妈，日脚艰苦，出于怜悯和同情，不但接济老朱木工生意，还抽空帮着带娃。临了临了，父子俩名气响了，生意也都被他俩接了，这不叫白眼狼又叫什么？古话就有，教会徒弟饿死师傅。怪不得有些行业的师傅，在带徒时十分苛刻，或许就有这个因素在。

这可冤枉父子俩了，他们不是白眼狼，都是受雇他们的主顾惹的祸。那些主顾指名道姓要老朱父子亲手打造，有些主顾，甚至不远千里前来邀请，主顾寻上门来，哪有推出去的道理？除非你不想在这行业做下去了。

老朱曾想把接来的生意分给一起做木工活的弟兄，一来，还当年的情；二来，生意确实忙，每一单生意，都有工期，父子俩为了不失信于人，常常为赶活连夜奋战，忙得昏天黑地。为此，小朱连谈对象的事都耽搁了。假使接来的生意，有其他人一同承担点，那父子俩好有个空，说不定小朱就谈上对象了。

同行们的挤对，老朱百口莫辩，但生意并没受到多大的影响。估计，人家更看中的是父子俩的木工手艺。

此处不留人，自有留人处。父子俩做了个决定，决定离开家乡，向外发展。家乡的生意，就留给散播谣言的同行吧，也算老朱还他们的情了。

从此，父子俩跑起了单帮，为需要做木工的主顾上门服务，每到一处，就吃住在东家。

近几年，老朱的木工生意有些减少，很大一部分原因是，随着改革开放，老百姓日脚越来越好过，口袋子里的钱日渐丰足，他们不再满足单一的木质家具。而各大城市、乡镇的家具店，如雨后春笋般遍地开花，家具店的家具不但款式新颖，而且材质多样，玻璃的、石英的、布艺的、人造板的、皮质的，等等，大大满足了不同层次老百姓的各种需求。

城市对上门量身打造家具的需求少了，老朱就带着小朱往乡村跑，往那些地处偏僻、出门交通不便的山村跑。住在大山里的人，与外界接触少，信息相对封闭，尤其是上了岁数的人，他们的思维模式、思想观念相对落后和固化。

大山里的人，每逢儿女娶嫁，总要打造几件像样的家具。经济条件好一些的，多打几件，有打全套家具的，卧室系列、书房系列、客厅系列，等等。当然，打全套系列家具的，在偏僻的乡村极为少有。

老朱跑单帮走乡村路线几年来，只遇到过一家，那户人家位于什么村什么路，老朱至今记忆犹新、印象深刻，就好像有一幅画卷清晰地展现在眼前。父子俩吃住在这户人家将近小半年，小半年同一屋檐下一起生活，自然，除了雇佣关系，还生出了其他的感情。

这户人家的掌门人是位花甲老太太，老太太虽然年纪大了，但说话做事雷厉风行，说一不二，有不输须眉的豪爽和精明。老太太三十多岁时守了寡，一人含辛茹苦带大三个娃，而且是三个男娃，可想而知，她年轻时是怎么熬过来的。或许失去父亲的孩子早当家，三个娃很争气，成年后没让娘再受一点累、一点苦，把娘当老佛爷一样供奉，娘说的话，不管错与对，一律听从，家里的经济大权也归她掌控。那一年，弟兄三人合力翻建二层楼房，楼房空壳子造好装内设，按三弟兄原先的意思，家具去家具店买，省心省力，但老太太不肯。她说，买的家具，贵不说，还不结实耐用，家里有现成的木材，叫木匠上门做，想做什么样的，就让木匠打什么样的家具。至于木匠的吃住，娘来安排。

老朱和小朱就此住进老太太家。刚开始的半个月，老太太对老朱父子的木工活百般挑剔，可以说是鸡蛋里挑骨头。或许，在老太太的观念里，有规矩才能成方圆，老话有，棍棒之下出孝子，玉不琢不成器。就拿三个儿子来说，不是她摆正规矩，能有现在的孝顺？那对外人呢？也要讲规矩，不然，人家以为你尿，好欺负。老太太的刁难，老朱并不介意，他这么多年的木匠生涯，什么人没见过？再说，顾客是上帝，不能得罪，他信奉和气生财。所以，不管老太太说什么，老朱一味顺从，满足老太太提出的一切要求。

经过半个月的观察和相处，老太太对老朱父子俩的手艺及人品相当满意。就此，她态度一百八十度大转弯，亲自倒茶送水送点心不说，还嘘寒问暖，反过来对老朱说，活慢慢做，不用赶时间，人要休息好，休息不好，身体要垮，还要影响木工活质量，老话有慢工出细活，做得好，工钱方面不会为难的。

赶活，当然是为了赶工期。老太太儿子和老朱父子谈这笔买卖时，强调了三点，其一，保证质量，这是先决条件；其二，工期三个月，他们只负责三个月的吃住，完不成，吃住自己解决；其三，按家具件数结算工钱。如果对这三点无异议，那这笔买卖就成交了。

这是一笔大买卖，打造全套家具，按件数结算工钱，而且三个月吃住全包，这样大方的东家不多见。至于三个月工期，老朱估算了一下，完全来得及，于是一口答应。老朱记得当时老太太儿子开出三个条件，老太太也在场，其中第二个的后半句"约定工期内完不成，吃住自己解决"，就是老太太补充的。

父子俩赶活，不全是为了老太太补充的那句"约定工期内完不成，吃住自己解决"的顾虑。老朱守信，这是他做人的原则，既然答应，就要按照商定的条件完成，没完成，这是食言失信，一个不守诚信的人，怎么能在江湖上立足？出道这么多年的老朱，就是靠"诚信"二字获得了客户的肯定，客户口口相传，才让老朱的生意源源不断。而且，老朱总会在期限前一周完成，万一客户对一些小细节方面纠缠或挑刺，再或者，自己认为哪方面还不太满意，那么留有一周的余地，足够细琢精雕了。

老朱在老太太家的活还没完成，老太太又张罗着给老朱接了两单生意。都是老太太同村人家，活不算多，有单打几件的，如桌椅板凳、门窗风箱等，还有一家女儿出嫁做嫁妆的木箱、梳妆台、木沙发等几件家具。

这些活完工，老朱估算一下，也得花上一个多月时间。老太太说，吃住还在她家，费用从工钱中扣除。老朱一口答应，接下了活儿，为给老太太面子，开出的工钱，相对更便宜。他们本就挣个手艺钱，出卖的是劳动力，没有其他附加成本，多做做，少赚赚吧。

这一住，就在老太太家住了将近小半年。小半年的同吃同住，老朱和老太太一家生出了亲人般的感情，临了，老太太认老朱为干儿子，自然，小朱就是老太太的干孙子。

老朱为表达心中的感激，精心制作了一尊观世音佛像送给老太太。这件作品由父子俩共同完成，老朱负责精雕，小朱设计加细琢。作品精雕细刻，完成后，佛像活灵活现，栩栩如生。老太太是个信佛之人，自然欢喜至极，当宝物一样。

老太太有一间专门供佛的小屋，供的就是救苦救难的观世音菩萨。供奉的菩萨面前，常摆放几样瓜果，瓜果隔两天更换，所以，摆放的瓜果一直比较新鲜。两侧还各插一支点燃的蜡烛，蜡烛把小屋照得明晃晃的。老太太早晚必上一炷清香祈福，口中还念念有词：南无阿弥陀佛大慈大悲观世音。

木工活结束，父子俩跑去了别地。由于跑的地方远，再加上木工活一直不断，就此，和老太太家断了联系，老太太关照干儿子常回家看看也成了一句空话。

这几年，小朱跟着父亲外出闯荡，四处讨生活，其间，经历了一些事，也吃了不少苦。就拿做木工活来讲，整天和一堆木头为伍，身处飞扬的木屑中，一天下来，不但衣衫上沾了一层木屑，连头发、睫毛、鼻孔及嘴巴里也沾上了细小的木尘。有时被木屑呛得嗓子发痒，严重时还会咳出血来。很多时候，为了赶工期，白天黑夜连轴转，老朱年龄大了，睡眠少一点没关系，而小朱正值风茂年纪，需要充足的睡眠，缺觉严重影响小朱的精神和情绪。有几次他的手指差一点被刨刀削伤。若手指缺了一根，那小朱便属于残疾人一类了，如伤了关键手指，木匠生涯便会就此结束，靠手艺吃饭的饭碗就不保了。

小朱偶尔发发牢骚，他对爹说，什么时候是个头啊？但小朱只是嘴里嘀咕，对木工活却一点都不马虎。他抱怨不得别人，要怪只能怪自己，怪自己不好好读书，怪自己没有学其他手艺或者选择进厂当工人，非要跟爹学做木工。

老朱瞥了小朱一眼，说，小子，厌烦了？学木匠这活儿，可是你自己提出来的。再说，哪一件工作不辛苦啊？生活不都这样嘛。

老朱对自己身为木匠却是十分自豪。木匠，木匠，顾名思义，就是从事木工工作的技术工人。那其他行业呢？铁匠？泥瓦匠？不都是如此吗？或许比木匠来得还要辛苦。再或者经商？经商更不易了，资金没有，人脉没有，渠道也没有，做什么生意。

还是得身怀一技之长。老朱就凭着木工这一技之长，讨到了老婆。老婆漂亮又贤惠，可惜生小朱时大出血没抢救过来，抛下爷儿俩驾鹤西去。老婆临终前的一番话，一直保存在老朱脑海里，每次想起，老朱的心脏便会紧缩一下，随之，眼眶中升起热雾。偶尔，老朱会这样想：自古红颜多薄命，老婆生得漂亮，老天嫉妒了，大概这就是命吧。老朱这样宽慰自己，避免徒生许多伤感。老朱凭着这手艺，把小朱拉扯大，小朱还继承了他的衣钵，父子联手，在木匠界混出了一点名堂，钱袋子也日渐丰足。

但儿子的那句牢骚"什么时候是个头啊"的话，却点醒了老朱，自己一天天在衰老，小朱也到了该成家的年纪。像现在居无定所地闯荡，哪家姑娘会看得上？万一误了儿子的终身大事，那朱家祖宗，还有小朱娘，他们在九泉之下能安心吗？不孝有三，无后为大，老朱岂不成了朱家的千古罪人？

老朱心中盘算，再闯荡一两年也该歇歇了，到时，寻个地方落脚，或者回到老家，不往外跑了，就把小朱的婚事置办妥当，儿子再给他添个孙子，那老朱可算功德圆满了。他呢，带带小孙孙颐养天年，或者，寻个老伴儿度余生。

真是说曹操，曹操就到，秦岭闯进了他们的生活。

六

那一晚，月光如水，墨蓝的天空星星点点，山风裹挟山花的清香飘散在山村上空。山村一片寂静，偶尔传来几声犬吠，复之，又陷入静寂中。

那一晚，秦岭如热锅上的蚂蚁，翻来覆去睡不着，内心又如汹涌的潮水，一波复一波撞击她的胸口，撞得她胸口疼，脑发晕。

秦岭失眠了。随着几件木质家具完工的日期临近，她越发感到焦灼不安。她已经连续失眠了好几晚，是因为即将成为新娘兴奋得睡不着吗？是对婚姻的恐惧惴惴不安难以入睡吗？

答案，都不是。

秦岭恋爱了，她不可自拔地爱上了木匠朱自强。当然，这或许只是她的一厢情愿和自作多情。

从小朱踏进秦岭家门槛的那一刻，秦岭就被小朱吸引了，至于小朱哪方面吸引她，秦岭却理不出头绪，就像一首歌中所唱"莫名我就喜欢你，深深地爱上你"。当然，秦岭还没到深深爱上小朱的程度，仅仅是吸引、好感或有点喜欢的成分，也许，这就是一见钟情吧。

随着和小朱的相处，小朱的见识、谈吐以及他的木工刀法技艺，都让秦岭深深地迷恋和崇拜。她的四个小妹和小朱亲密无间地嬉闹、打趣，而她碍于准新娘的身份却不能融入其中。为了避嫌，她或躲在小妹的身后，或倚在门框痴痴地观望。

怀春的秦岭，第一次尝到爱上一个人的滋味，这种滋味好比喝自家酿的高粱酒，涩苦、微辣、香甜，喝上一口，那清甜甘苦的液体顺着食管流进胃里，继之弥散全身，有种说不出的通透和兴奋。如喝得多了，酒劲渐渐发作，把人燃烧得全身滚烫，犹如百爪挠心，让人心神不定，寝食难安。

秦岭爱得心醉，爱得痛苦。白天，她强颜欢笑强打精神；夜间，她辗转反侧难以入睡。她瘦了，像一株被霜打的鲜花，逐渐萎靡凋零，失去娇艳的颜色。

老朱父子临走前的那一晚，秦岭终于做出了决定，她要跟小朱一起走。至于父母、小妹，还有许配给她的男人，统统被她抛诸脑后。小朱才是她的解药，没有他，她可能不是在沉默中死去，就是在沉默中发疯。

秦岭披衣起床，趁着皎洁的月色，蹑手蹑脚穿过堂屋，步履轻盈得像一只山猫，没发出一点声响，以免惊动父母和同一屋子睡的小妹。她轻轻推开小朱住的那间没有门闩的屋门。

小朱和他爹住在西侧的一间屋子，那屋子原先是堆放杂物的，如柴枝、木料、农耕用具及其他零碎的物件。为了腾出给小朱父子俩住，堆放的杂物就挪到临时搭建的一个木棚内。原先杂物间房门没有门闩，屋子成为老朱父子俩临时居所后，房门仍然没上闩，其实，给房门上把木闩对于木匠而言极其容易。

老朱没给房门做木闩的原因也简单，为了让秦荣一家安心，他们父子俩为人心胸坦荡，行事光明磊落，他们住的屋子不会私藏东家的任何物品，东家可随时出入，或检查，或整理。如果屋门上了闩或锁，保不齐东家生出其他想法。

秦岭熟悉两张床铺的方位。在这一个月时间里，秦岭给这屋子打扫过两回卫生，老朱睡在房间里侧的那张床，小朱睡在靠近房门的床。

老朱的呼噜声打得应天响，或许是酒喝多了的缘故，又或许木工活计了结彻底放松了。他如同一头酣睡的猪，浓睡不消残酒，知否，知否？一场私奔的大戏即将上演。

秦岭轻轻走到小朱的床边，轻轻摇了摇酣睡中的小朱，摇了几下，不见醒来，小朱仅翻了个身，又继续睡去。

睡梦中的小朱哪里会想到秦岭半夜三更闯进他的屋子。此刻，他正在做梦，梦里和一位姑娘正亲热，姑娘的面貌有些模糊，有点像秦岭，但又不全像。

秦岭见小朱没醒，便加大了她手上的力量，在小朱裸露的肩膀上用劲捏了一把。这下，小朱被弄醒了，他一骨碌坐起身，下意识地揉了揉惺忪的双眼，一睁眼，只看见一个黑影立于床边，他惊呼了一声，谁？黑影却一声不吭。

小朱借助月色，依稀辨出立于床边的黑影正是东家长女秦岭，是刚刚在梦中与他亲热的人。他有点发蒙。她这个点来找自己究竟什么事？难道梦中的情景要成真了？小朱的心一阵狂跳，心中窃喜，瞅了瞅鼾声如雷的老朱，心想，弄出大的动静来，老爹也不一定会醒。

美滋滋的小朱，刚想有所动作，秦岭说话了。

带我走吧。

啊？

带我离开这儿，不管去哪儿。

带你走，离开这儿？小朱复述一遍秦岭所讲的话，他怀疑自己的耳朵听错了。

是的。

可你马上要结婚了，你父母会同意吗？

他们不知道。我只问你一句话，敢不敢带我走？

小朱听明白了，秦岭要和他私奔。至于为什么选择和他私奔，小朱一时半会儿弄不清楚。但她既然这么做，一定是铁了心要离家出走。

一个姑娘家问敢不敢带她走，小朱绝对不可能说不敢，他是个要面子的人，尤其在女孩面前，总要表现出一副大丈夫的大无畏气概。小朱说，这有什么不敢的？别说带你走，就是为你上刀山下油锅，我也在所不惜。

秦岭说，好，把你爹叫醒，我们现在就走。

小朱问秦岭，你，喜欢我？

秦岭反问，你，不喜欢我吗？

小朱挠了挠头，说，你马上要结婚了，我不敢有非分之想。

秦岭说，那现在呢？

小朱说，我要娶你，让你做我的女人。

说罢，小朱把秦岭往他的怀里搂，秦岭半推半就顺势靠在他的怀里，两人搂抱在一起。此时，小朱的欲火已被点燃，他一边脱秦岭的衣衫，一边回想方才做梦时的情景。想不到美梦成真了。

秦岭并不抗拒小朱对她做的一切，反而渴望这事的发生。她喜欢小朱，爱小朱，早一天成为他的女人，她也早一天心安，这样，就可以名正言顺地跟小朱四处为生。

老朱醒来时，小朱和秦岭已经穿好衣服。两人把刚才所发生的一切，一五一十向老朱兜了个底，生米已成熟饭，老朱有意见，也不好说什么了，何况，他一点意见也没。他的心情和儿子一样，窃喜、得意，白白赚了个儿媳妇，这样的美事岂是人人都能遇到？

临走时，老朱在他的枕头底下塞了二百元钱，这二百元钱，也是秦荣给的木工钱。钱不多，如按照当时男方给女方彩礼行情来说，二百元钱是拿不出手的。但老朱身上仅有这么些现钱，平时挣的钱都存进银行变成了一本存折，存折藏在老朱内裤的口袋里，老朱随身携带，连小朱都不清楚老爹把这么些年挣的钱藏在了什么地方。

偶尔，小朱好奇，问老朱，咱家有多少钱？老朱诡秘一笑，对小朱说，你娶媳妇的钱咱家绰绰有余。小朱又问，钱放在哪儿了？老朱没直接回答儿子的话，只是说，人在存折在，人亡存折交给你。小朱呸了一声，说，爹咋说话呢？

自此，秦岭跟着老朱父子跑起了单帮，一起接活做活。当然，木工活秦岭不会做，她只是给老朱父子打打下手、记记账，再为他们洗洗涮涮。

一个家有了女人果然不一样。两个男人在秦岭的照顾下，精神面貌大为改观，就看身上穿的衣衫，以前两人的衣衫总给人不干不净的感觉，而且由于工作中常用刀具，衣衫难免被木工刀划上一个小口，或被木材挑出一个洞，有时少了一个纽扣，都来不及补上。现在呢，父子两人的衣衫不但干净，还平整无褶子，破了的地方都被秦岭及时修补得"天衣无缝"。

尤其小朱，整天乐呵呵的，常常一边做活一边哼小曲，不时用含情的眼睛瞄几眼在一旁打下手的秦岭。秦岭在爱情的滋润下，越发娇俏动人，她迎着小朱含情的眼睛，有时羞涩一笑，有时用深情的目光回应。

老朱看在眼里喜在心里，心想，抱孙子的日子不远了，等做完手中接下的活儿，就不跑了，买套宅子安定下来。至于木工业务，就全交给小夫妻俩打理。他在家带带孙遛遛娃，喝喝茶下下棋，辛苦了大半辈子，也该享天伦之乐了。

谁知天有不测风云，人有旦夕祸福。老朱在一户人家做木工活时，不小心划破了手，鲜血不断从伤口流出，染红了他的左手。做木工的人，手被刀划破是常事，老朱没有大惊小怪，随手扯了一块布包扎伤口，待血止住了，继续埋头做活。

可这次老朱手上的伤口严重了。没几天，伤口出现红肿，并伴有黄色分泌物渗出，受伤的手指肿得像根胡萝卜。但老朱仍没在意，还是用以往的处理方法，往伤口上倒了些酒精消毒，再抹了些红霉素药膏。老朱用的酒精，不是医用酒精，而是东家招待老朱喝的白酒，开瓶的白酒没喝完，老朱讨来当消毒剂用了。老朱认为，他的这些措施实施之后，伤口用不了几日便可痊愈。

结果并没往老朱所想的方向去。刚开始仅仅手指红肿，后来连整个手背都红肿，受伤的手根本不能握持任何物件，严重影响了老朱做木工活。老朱还想再坚持坚持，可病情不等人。常说病来如山倒，老朱就这样倒下了，就此再没醒来。

小朱夫妻俩把老朱送往医院时，老朱已经不省人事。医院的医生一边对老朱进行抢救，一边下了病危通知书，并对小朱夫妻俩说，你父亲的病情凶险，伤口的细菌侵入血液大量繁殖，并通过血管扩散至全身组织，造成多脏器功能衰竭，随时可能危及生命，你们要有个思想准备。

小朱泪流满面，跪在医生面前泣不成声，说，医生，求求你，一定要救救我爹。用最好的药，我有钱，只要能把我爹救活。我刚出世就没有了娘，我不想再失去我爹啊。

医生虽全力抢救，但终因老朱病入膏肓而无力回天。老朱最终还是撒手人寰，去九泉之下和小朱娘团圆了。

老朱的去世对小朱的打击很大。小朱消沉了小半年时间，这小半年时间里，小朱没动一下木工刀具。

秦岭看在眼里，痛在心里，公爹的去世，身为儿媳的她也悲痛万分。公爹在世时，把秦岭当作亲闺女一样看待，并把经济大权交给她掌管。公爹对她说，岭子啊，这一本存折就交给你保管了。存折里的钱，是你爹大半辈子靠做木匠积攒下的，你拿去想怎么用就怎么用，从今往后，你就是朱家的当家人。

当然，秦岭并没把公爹对她的信任当成她可以任性胡乱花钱的筹码。她精打细算地用着家里的每一分钱，每一笔收支都有详尽记录。到了月末，秦岭拿出记账的本子，计算一个月的收入和支出，进账多少，花费多少，一本账记录得一目了然。

拿给公爹老朱看，老朱嘴上说不用看，还说你持家我放心，爹信得过你的话，一双眼睛却朝记账本上瞅。老朱识字不多，但日常词语还是认得的，看完账本，对秦岭的喜爱又加了几分。儿媳不简单，一本账在她的描绘下，像一本故事书，每一笔收支都有前因后果，并配上图片，记载的文字又极其口语化，一点不像流水账本。小朱娶秦岭为老婆，这小子赚了，不对，是朱家赚了，以后朱家的兴旺有指望了。

秦岭精打细算持家，并不代表克扣吃穿用度。她说，钱要用在刀刃上，用在重要的地方，要花得值。

比如，每天的三餐，这钱不能省，不但保证顿顿有荤有素，还要变换花样。老话有，天天山珍海味也有吃腻时，何况她做的仅仅是家常便饭。所谓山珍海味，秦岭连见都没见过，更不用说上寻常人家的餐桌了。寻常人家有寻常人家的活法，咸菜萝卜干、窝窝头玉米饼也能度日。秦岭在娘家时不就是这样过来的，她父母，还有四个小妹，估计至今仍过着清贫的日子。

当然，秦岭现在的日子相比在娘家时不知要好上多少倍，她字典里的有荤有素，就是鸡鸭鱼肉，把鸡鸭鱼肉变着花样烹制，就是一道道不同口味的菜。常说人是铁饭是钢，小朱爷俩干的是力气活，吃好了，吃饱了，才有力气不分昼夜赶活。

还有，爷俩的穿着，不能太寒酸，他们做的是上门的营生，衣着得体是对东家的一种尊重。反过来，东家见到清清爽爽的爷俩，也会增添些许好感吧。

秦岭对小朱爷俩的吃穿着实上心，那对自己呢？是不是更得用心了？恰恰相反，她对自己马虎得很。她的替换衣衫不多，就两三件，这两三件衣服也是跟了小朱后添置的。当时和小朱私奔时走得匆忙，顾不得收拾，其实，还有一个重要原因，秦岭根本没打算带走家中的任何物品，她的离家出走，已经给父母造成了无法弥补的损失和不能言语的伤害，那么，就把她用的物品留给四个小妹吧。

衣衫就两三件，女人戴的首饰呢？秦岭一件也没有。按照小朱家的条件，完全有能力买几件黄金饰品。两人成亲时，老朱拿出一笔钱给秦岭买首饰，秦岭说不用的，戴了想要取下不方便，弄丢了糟蹋钱不说，心里还不舒服。老朱说，这钱给你，至于买不买，随你支配。秦岭推辞不得，接过首饰钱，怯怯地征求公爹的意见，爹，我想把钱寄回家，可以吗？老朱当然没意见，并又拿了些钱交给儿媳一并寄回，就算补偿给秦岭家的彩礼了。

老朱的离世对小朱打击很大，小朱日夜思念父亲，吃不下睡不好，整个人明显消瘦了一圈。秦岭也很难过，但活着的人日子还得过下去。她忍下心头悲痛，故作欢笑，时常对小朱说一些开心的话，还换着花样做可口的饭菜。

或许时间真是治愈悲伤的良药，又或许秦岭的劝解起到了一定的作用。老朱过世半年后，小朱逐渐恢复了生气。不久，秦岭怀孕了。

秦岭和小朱商议，我们不能待在家里什么事情也不做，家中快揭不开锅了。

小朱问，家里还有多少钱？

秦岭说，爹交给我保管的存折，在爹住院时都取出来交了住院押金。

剩下的一些钱，用作了我们这半年的开销费用，现在已经所剩不多了。

小朱听完，沉默了一会儿，几分钟后，抬起头犹犹豫豫地说，要不我出去找找木工活？

秦岭看出了小朱的勉为其难。自公爹做木工活受伤致性命不保，小朱睹物思人，看见木工器具就伤心不已，有时又迁怒于这些没有生命的刨刀、斧凿、锯子，把这些刀斧凿锯一阵乱摔。为防止小朱做出什么过激的行为，秦岭就把曾经的吃饭家什藏匿于隐蔽之处，这叫眼不见为净。时间一长，这些器具坏的坏，锈的锈，成了一堆废铜烂铁。

老朱在世时接下的几单生意，和老朱的人一样凋零了。那几个主顾倒通情达理，一句怨言也没有。唉，人死为大，人都死了，还说啥呢，寻别个木匠师傅做吧。

陆续寻上门来的生意，被秦岭一个个婉拒了，小朱的状态已不适合再拿木刀。久而久之，小朱在木匠界逐渐被人淡忘。就这样，老朱曾引以为傲的传代吃饭的本领因他的离世而没落。

其实，秦岭也不想小朱再继续从事木匠行当。一来，传统木匠这行业越来越不好做，城市早没有了他们的容身之地，很多木匠要么被家具厂收编，要么成为装潢公司旗下的签约艺人，当然，这里指的艺人和演艺界的艺人同名不同业更不同命。尤其小朱是靠跑单帮接活的，几年来，一直在经济较落后的偏远乡村打转接活。二来，老朱过世不但让小朱产生了一定的心理阴影，秦岭也有了。小朱做木工活手上时有小伤，秦岭担心，万一小伤感染步他爹的后尘，那她怎么办呢？孩子怎么办呢？

秦岭早拿定主意，她对小朱说，咱们不干木匠了，换个营生做做。

小朱说，不干木匠？那做什么？小朱想，我除了会这手艺，其他什么也不会啊。

秦岭说，你傻啊，世上难道只有木匠这一个行当？我们可以进工厂当工人，或者，摆个地摊卖卖衣服，再不然，开个店卖点心、水果。只要不怕吃苦，总有法子挣钱养活一家人。

秦岭自跟小朱跑单帮后，见了不少人，经历了不少事，人生阅历渐丰，早已不是深山中那个不谙世事的黄毛丫头了。再加上自小练就的天不怕地不怕的性格，即使前面是冰山，或者是火焰山，她也会勇往直前。

小朱挠挠头咧嘴笑了笑，说，我听你的，你说怎么做就怎么做。小朱本就是一个没有多大主意的人，自父亲过世后，原先对父亲的依赖都转嫁到了秦岭身上。

现在的秦岭完全是小朱的主心骨、朱家的当家女人。老朱夫妇如地下有知，一定会含笑九泉的。

七

秦岭做出了一个决定：带小朱回秦川老家，向父母负荆请罪，恳求父母原谅她的不孝。

两年前，她不辞而别，留下一张寥寥数语的字条。准新娘跟着男人一跑了之，去追求她的幸福了。殊不知，她的这个行为，在小山村引起了一阵轰动，村民们说三道四，什么难听的话都有。

村里有一位年纪最长的老人，是个孤寡老人，有百来岁了，具体年龄多少，谁也说不上来。有说整百岁的，有说一百零一或一百零二岁的，也有说还不满一百岁的，村民们莫衷一是。问老人，老人想了半会儿，然后咧嘴一笑，说，我也记不清了。或许老人真记不得自己的岁数了，又或许他故意想忘记自己的年龄也未可知。

老人脸上布满了皱纹，一条条曲曲折折的，像是墙上斑驳的印迹，留下的是岁月的痕迹。下巴的白胡子有半尺长，像老榕树的根须，飘飘然，倒有点仙风道骨的感觉。虽说百来岁的年纪，但背不弯，耳不聋，声音仍中气十足。他捋着一缕白胡子，对秦岭私奔之事发表了如下观点：自盘古开天辟地，三皇五帝至如今，我华夏民族几千年文明历史，有如黄河之水，滔滔不绝，连绵不断，亘古长存。尽管世间朝代更替，但几千年文化传统，悠久无比，难以磨灭。虽说伤风败俗，历代却也常有之。但人这一辈子，路很长，谁又能无过？都不是圣贤，圣贤也非完人，也会有过。乡里乡亲的，能帮忙就帮帮忙，可不要给人家添堵。老人的一席话，起了一些作用。

秦荣生病期间，村民们陆陆续续来看望，都不是空着手来的，有的拎几样蔬菜瓜果，有的带一只鸡或一只鸭什么的，都是自家田里长的，自家养的。他们安慰秦荣，木匠父子有手艺，而且，看得出来，两人是厚道之人。你不要担心，岭子跟着他们不会吃苦。再说，你还有四个女儿，就当从没生养过岭子。我们之前说的一些话，都是混账话，你千万不要放在心上，好好把身子养好了，一大家子就靠你一人撑啊。

随着时间的流逝，秦荣胸中的怒气，也消失了一大半，取而代之的是对女儿的思念。尤其是秦岭娘，经常眼泪汪汪地在秦荣耳边念叨，岭子怎么样了？我想岭子了。她现在在哪儿啊？

秦荣也想女儿，也想知道女儿跟着小朱在什么地方做活，过得好不好。但嘴上说出的话却很硬，他对老婆说，她心里没有父母家人，我们想她作甚，就当没生养过她，忘恩负义的东西。以后不许你在我面前提她。

秦岭娘才不怕男人，她照常念叨，念叨得秦荣终于憋不住了，红着眼眶说，好了，好了，我到其他村头去打听一下岭子的下落。

跑单帮的人，居无定所，做完一处，换一个地方。有一回，秦荣听村民说，老朱父子就在他家亲戚处做活。村民亲戚家距离秦荣村子甚远，待秦荣赶到，老朱父子早已赶往别处，不见了踪影。

就在秦荣打探女儿下落时，秦岭来信了，还寄回了一笔钱。秦岭信中说，爸、妈，还有小妹，你们好！女儿不孝，没听你们的话，选择了逃离，却把痛苦和伤害留给了你们。不敢请你们原谅，但请你们放心，我很好，我和小朱成亲了，公公待我像亲闺女。待木工活告一段落，我和小朱便回家看你们。

看到女儿的信，秦荣夫妇哭得稀里哗啦，哭过之后，笑声朗朗，逢村民就说，我女儿来信了，还寄来了钱。秦荣用女儿寄回的钱还清了债务，还余下一些。趁赶集之际，他又用余下的钱买了一些吃食，有麻花、酥糖和米糕。回家后把吃食分包，挨家挨户给村人送去，以感谢大家这么多年对他家的照顾。秦荣这么做，还有一个原因，就是向村里人昭告，岭子嫁了个好人家，她不是无情无义之人，她是有孝心的，并一再声明，这是岭子的关照。其实，岭子信中并没关照父亲答谢村人。

村民们自然不会计较秦岭小时候的种种，更不会拿她和男人私奔之事再挑起话头。他们对前来送吃食的秦荣表达了感谢之情，又无一例外夸岭子是个有孝心的好姑娘，让秦荣等着享女儿的福。

秦荣和老婆每天喜滋滋地期盼女儿回来，最好再带个小外孙一道回。这样想也对啊，女儿和小朱成婚一年多了，两人年纪轻轻，生小孩是最自然不过的了。想当年，秦岭娘嫁过来第二个月就有喜了，之后一个接一个生娃，像下猪崽似的。

两人想秦岭了，就拿出信来看看。时间一晃，又过去半年了，仍不见秦岭回来。其间，又收到女儿寄的一封信及一笔钱，信中内容和上次内容差不多。之后，秦岭便如断了线的风筝，杳无音信。两口子又开始担心起来，种种的猜测，种种的不安，却又无计可施。这种日夜难安的日子，差不多又过了半年。

这天傍晚时分，秦荣在屋外收拾羊圈，远远看见山间的小路一头，有两人正朝他家方向而来。身影越走越近，秦荣认出来了，男的是小朱，女的像岭子，但又不太像，身材臃肿，比当初离家时的岭子，整整胖了一圈。更近了，秦荣这下看清了，就是女儿和小朱，女儿挺着大肚子，是怀有娃娃了。

　　秦荣喜出望外，盼星星盼月亮，终于把女儿盼回来了。他一边扯着嗓子朝屋内大喊，岭子她娘，岭子回来了，一边朝着两人迎上前去。

　　正在灶间烧晚饭的秦岭娘，听到男人喊"岭子回来了"，一怔，手里拿着的菜刀掉落在地，发出"当当当"的声音。她顾不得捡菜刀，赶紧跑到屋外。秦岭的几个小妹，也听到了父亲的声音，跟着娘一同跑了出去。

　　一家子围抱一起，一会儿哭，一会儿笑。尤其秦岭娘，抱住女儿哭个不停，边哭边诉说，你这狠心的狼崽，说走就走，招呼都不打，扔下娘自个儿快活去了。你知道娘心里有多难受吗？你不想嫁人，那你和娘说，别人不同意，娘会站在你一边的。你是娘身上掉下的肉，你难受，娘心里也不好过啊。我日日想，夜夜念，你这狠心的死蹄子！

　　秦荣红着眼眶对哭哭啼啼的老婆说，说啥呢，哭啥呢，岭子不是回来了嘛，我们应该高兴才是。以前的事，谁也不许再说了。来，岭子，走累了吧，床上躺着去。小五，扶你姐姐进屋。你看你这当娘的，只顾着唠叨，女儿走了那么远的山路，还怀着娃，不累啊。他倒是一句责备的话也没有。或许，天下父母都是如此，不管子女犯多大的错，惹多少祸，多伤父母心，只要孩子知错了，回头了，平安回家就好。其余的，都不会再计较。

　　秦岭的几个小妹，也兴奋地叽叽喳喳话不停，她们一边搀扶姐姐进屋，一边看着姐姐隆起的肚子，这个摸摸，那个摸摸，口中还不忘自我介绍，宝贝，我是二姨、我是三姨、我是四姨、我是小姨。

自此，秦岭就在娘家住下，直到孩子半岁。

那天晚饭后，一家子围坐堂屋，秦岭一边给小宝纳鞋底，一边和父母说话。她说，小宝也半岁了，在家的一年，全靠父母小妹照顾，我们一家三口白吃白喝的，家底都被我们吃光了。我和小朱商量过了，准备到外面去闯一闯，不日就走。

秦岭娘一听，可不乐意了，她想，好不容易过了一年的太平日子，日子虽然清贫，但一家子在一起，其乐融融。尤其小外孙女的到来，给家里增添了多少欢乐啊。虽说小宝姓朱，不姓秦，是有点遗憾，但她是我们嫡亲的外孙女啊，她的小身体里也流有秦家的血液。还有，小朱虽然是女婿，可一个女婿顶半个儿。不对，小朱不是顶半个儿，而是顶一个儿。他把我和岭子爹当作他亲爹亲娘，他叫我们叫得多亲热啊。想想他也可怜，自小没了娘，现在老朱又走了，留下他一人孤零零的。我们把他当儿子一样对待，就怕委屈了他。尤其是我，打从心底里欢喜这个女婿，应验了那句老话"丈母娘看女婿，越看越欢喜"。是的，我确实是越看越欢喜，我才舍不得你们离开我呢。

她一脸不高兴，对女儿说，你也是一个当妈的人了，放着好好的日子不过，出什么幺蛾子呢？我不贪你们有多大出息，日子苦一点，有什么关系呢？只要一家人和和美美、平平安安在一起。再说，孩子这么小，你带着她去瞎折腾，我可不愿意让我的小外孙女跟着你一块儿受苦。我先声明，我不同意。

秦岭说，娘，你们大半辈子待在山里，对外面的情况不一定清楚，外面的变化可大了。那几年，我跟着小朱到处跑，多多少少了解一些，也看到了一些变化，虽然去的地方和咱们村的面貌差不多。前面村的高祖华，是我中学同学，中学毕业后跑到深圳打工了，现在自己当了老板，他们村的第一条水泥路，就是他出钱建的。我也有这想法，等挣到了钱，我也把咱们村的路修修，路修好了，村里的人出行就方便多了。有句话叫"要致富，先修路"。

秦岭娘说，别人怎么样我管不着，我也不羡慕人家的好日子。高祖华是男的，你是当娘的人，能一样吗？

一旁的小朱接话了，说，娘，我和你想法一样，让岭子在家，我一个人外出打工。但岭子不肯，执意要和我一起去。

如果你们决意要去外面闯一闯，我同意小朱的想法，岭子留在家。

娘，我主意已定，我和小朱择日就走。小宝就留下来托付给爹娘照顾了。等我们稳妥了，把爹娘和小宝一起接走，这样，我们一家子不又在一起了吗？

秦岭娘没再吭声，她深知女儿脾气，一旦女儿下了决心，八头牛也拉不回来。于是，她瞅了瞅男人，眼中之意是，你这个当爹的，一句话也不说，像个甩手掌柜，好像和你没关系似的，快劝劝岭子，让她改变主意。她不听我的话，或许会听你的。

秦荣说话了，却和老婆唱起了反调，竟然支持女儿的想法。他说，岭子说得对，现在时代不同了，山外面的世界，早发生了很大的变化。我们年纪大了，想折腾也折腾不动了。你们年纪还轻，不应该和我们一样，一辈子待在山里。年轻人是要出去闯闯，增长点见识，多点阅历，也积累点经验。岭子、小朱，出门在外，你们各方面都要当心，尤其是身体，身体是第一，没了好身体，一切都是空的。有事两人商量着来，至于小宝，我和你娘会带好的，你们不要牵挂，也不要想着往家里寄钱，家里什么都不缺。你们若能混出一点名堂，固然很好，但如果想家了，那就回来，家里其他没有，养活几个人，没一点问题。

说完，秦荣没等其他人开口便转身进了里屋，再出来时，手上多了一沓钱。他把钱塞到女儿手中，拍了拍女儿的手，嘴唇动了动，欲言又止。

秦岭岂肯要家里的钱，再三推开父亲的手，但终究还是拗不过父亲。

这时，秦岭娘忍不住了，她本意是叫男人劝劝女儿，他倒好，反而说出这么一大段支持的话来。算了，事已至此，她红着眼圈对女儿说，岭子，你拿着吧，这钱，也是你寄给家里的，我们用掉了一些。到了外面，可不比自己家里，做什么都需要钱。你爹说得对，身体是第一，没了好身体，一切都是空的。你和小朱千万不要把自己累着。想家了，就回来。

秦岭红着眼睛，扑通一声，双膝跪地，拉着小朱一起给父母磕了几个响头。秦岭在心中暗暗发誓，我们一定要有所作为，让全家过上好日子。

小朱带着秦岭，先回到了江苏滨海老家。这是一个离县城较远的小村庄，村庄有两百多户人家，小朱家的两间茅草屋，隐没在浓密的茅舍群中。

离家多年，村庄没什么变化，村前村后都是一片片广阔的农田。此时正是稻苗生长的旺盛期，绿油油一片，像一望无际的绿色海洋。一阵风吹过，一株株稻苗以排山倒海之势，如后浪推前浪似的，从远处慢慢往前推。

村东头一条小河，从南向北一抹掠过。狭窄的河道蜿蜒回溯，河水清澈，河水悠悠，承载着小朱儿时太多的梦。小朱远离了家乡，但河床依旧，水流依旧，默默地在原地守候。

小朱按照父亲临终前的遗言，把父亲的骨灰和娘的骨灰葬在了一起。娘的坟墓，因多年未清扫，已是杂草丛生。掩映在杂草中的墓碑，泥渍斑斑。虽经历了无数个严寒酷暑，风雨雪雾，但墓碑上娘的遗像，依然能看出娘面容秀丽，眼神温柔，笑意盈盈。

这么多年，娘的样子一直没变。嗜，娘的样子怎么会变呢？娘就定格在那年那月了。其实，小朱从没见过娘的面，他一出生，娘就离他而去了，娘生前拍的唯一一张照片，就是墓碑上的那幅遗像，它也被老朱当宝贝一样珍藏。直到小朱懂事，向老朱哭喊着要娘时，老朱才把珍藏的照片掏出来，指着照片对小朱说，这就是你娘，你娘去了一个很远很远的地方，那个地方叫天堂。到了晚上，你娘会踩着五色祥云来看我们。

小朱信了，眼巴巴地盼到晚上，等娘踩着五色祥云来看他，可等啊等，不见娘的踪影。老朱又说了，只要你把眼睛闭上，娘就会出现。果真，小朱一闭上眼睛，照片上的娘就踩着五色祥云飞来了。娘抚摸着小朱的头，和小朱说了一宿的话。

老朱善意的谎话仅仅维持了两年，小朱稍大一些，懵懵懂懂理解了"死"的含义，便明白娘死了。他不再嚷着要娘，也不再眼巴巴地等娘来梦里看他。再后来，娘的影子在小朱脑海里越来越淡。

小朱把娘坟前的杂草清理干净，又把墓碑上的污渍擦拭了一番，拉着秦岭，对着墓碑磕了几个头。然后，两人一路南闯，辗转了好几个地方。

两人在餐馆端过盘子，在工地当过泥瓦工，也在家具厂干过木工本行，还摆过地摊卖服装、小饰品，换了不少行当。这样打一枪换一个地方的境况，大概持续了两年。

一天晚饭后，秦岭照例清算一个月的开销和进账。记账的习惯，从成为朱家当家的女人开始，一直延续到了现在。不论多晚，秦岭都要把每天的收入、支出详细地记录。几年下来，记账本用了三个，这是记的第四本了。这些账本，秦岭都随身带着，有时闲下来，看着本子上的那些数字、文字和图片，秦岭就想起过世的公爹老朱，老家的父母，还有她的宝贝女儿。外出两年，他们就回过一次家，那是在过年的时候，在家待了半个月。离开时，逐渐懂事的女儿哭喊着妈妈别走，那撕心裂肺的哭喊声，把秦岭的心都撕碎了。

秦岭记完账，点了点这两年打工积存下的钱，想了想，又用笔在废纸上算了算，然后对小朱说，咱们不给人家打工了，自己做老板吧。我这些天看好了一个小店面，老板因家里发生变故，急着要转让，所以开出的价格很便宜。我准备把它租下来。

小朱嘿嘿笑了几声，说，自己给自己打工，当然好了。你是当家的，我听你的。重活、累活、脏活都交给我，你主外，我主内。他一边回应秦岭的话，一边继续手中的活儿。

他在给家中一只缺了一条腿的木凳子安新的木腿。家中所有需要修修补补的活计，小朱都包揽了。想当初，他是木匠界的角儿，修补这些物件，自然不在话下。他还包揽了针线活儿，可不要觉得好笑，小朱的针线活，一点也不比秦岭的差。他不但缝补衣衫，纳底做鞋，还会织毛衣，而且，织毛衣的手势还十分灵巧。估计，任何手艺都有相通之处吧。

有时，秦岭和小朱说笑，你不靠手艺吃饭，真亏了你一双灵巧的手。秦岭的话应验了，后来开店做小吃、卖小吃，小店一直处于不败之地，其中很大一部分都归功于小朱的手艺。

家常做的油条、花卷、烧卖、包子等小吃，同样的面粉，在小朱的一番揉搓、拉捏之下，变成一件件精美的工艺品，让人不忍下口。当然，食材也很重要。

开店的第二年，秦岭把女儿接来了。又过了一年，秦岭又怀孕了，而且怀的是双胞胎。两人又愁又喜，愁的是小店刚有起色，正需要帮手，现在倒好，还一下添两个娃。这小店怎么办，坐月子谁来照顾，大娃和两小娃又谁来带？这一切都是问题，而且是大问题。

秦岭说，这娃来得真不是时候，要不，把娃打掉吧。等大娃大一些，我们再要。小朱一听急了，红着眼睛说，不行，坚决不行，你敢把娃打掉，我，我就陪着娃一起死。

当然，小朱说的是急话，也是吓唬秦岭的气话。不过秦岭不会被小朱的话吓到，假如她真下定了决心，八头牛也拉不回来。

小朱深知秦岭的脾气。他一面留意着爱人的行为，一面暗地里给秦岭父母通风报信。秦荣老两口一听，真是又惊又喜，他们又要添孙了，还一下两个，这档子好事，怎能由着女儿的性子胡来呢？

考虑到家里几个女儿均已嫁人，无后顾之忧，为防夜长梦多，在得到消息后的第二天，老两口便从老家赶来，既要阻止女儿大逆不道的行为，还要给女儿做后勤保障，她不是担心小店没人手嘛，不是担心大娃小娃没人带嘛，他们来，就是帮她解决这些后顾之忧的。

就此，秦荣夫妇在女儿家住下了，帮小两口带娃，带三个娃，还帮着一道打理小店的日常。一家七口人，租住在不足四十平方米的房子，日子过得虽然辛苦忙碌，却也其乐融融。

秦岭的双胞胎小娃，都是男娃，一个随了秦荣的姓，这可把秦荣乐坏了。此后，秦荣死心塌地住在了女儿家，真正把小朱当成了他的儿。

八

转眼又是几年过去了。

秦岭开店的那条街，周边新开发了几个楼盘，这对附近的商户们来说，是件大大的好事，也因此，各色小店如雨后春笋般一茬又一茬陆续开业。确实，随着楼盘的竣工和新住户的搬入，附近商户增加了不少的客源。

虽然人气旺，但竞争也激烈。就拿秦岭经营的小吃店来说，同样的小吃店，一条街上开了有八九家之多，还不包括馄饨店、水饺馆、米粉店、拉面馆以及规模不等的其他各色饭店。

还是粥多僧少。这条位于城乡接合处叫"西河"的街，在江南众多古镇、名街，还有新兴派生出来的网红地之中，仅仅是一条再普通不过的寻常街道。街上来来往往的人，也就是住在周边小区的住户。所以，来往的客流基本上是固定的，按照平均法计算，分摊到林立的各家店的人头，数字就少得可怜了。

当然，客流的分配，绝不会是平均主义。其中，看商家的各显神通，看客人的喜好习惯，这就是竞争。优胜劣汰，是市场机制下的大浪淘沙。

面对八九家同行的竞争，秦岭的小吃店要处于不败之地，必然要使出看家所长，也就是特色。特色，就是产品的品质及服务的质量。一句话，吸引客人到你店里消费，这才是王道。

西河街上的店，开了关、关了开的，不在少数。尤其是开小吃店的，人辛苦不说，利润又微薄。一般吃不了苦，或者不善经营的，到了第二年，要么关门歇业，要么转让。

秦岭的小店，靠着一家人的勤劳和小朱的精湛手艺，还有口碑，生意还算红火。但仅仅靠小店微薄的利润，要想有一套属于自己的房子，那真的是门都没有。

随着人们经济收入的不断增加，以及汽车工业的快速发展，家用汽车越来越多地进入普通家庭，汽车消费成了新的亮点。

秦岭也想分一杯羹。有人说她是痴心妄想。是啊，她想做什么？她有这实力买卖汽车吗？确实，她没有这实力。但有一样她是有能力的，那就是汽车的维修和保养。

小朱曾在汽车修理厂干过半年，虽然修车的技艺有待提高，但汽车常见的小毛病，他是能修理的，还有洗车、换胎、换电瓶这些没啥技术含量的活，他都能做。

夫妻俩说干就干，盘下隔壁转让的小店粉饰了一下，再添了点汽车的零部件，就开始了洗车、修车的营生。他们一边卖小吃，一边修车、洗车。

任何事都是开头难。小朱的修车铺也一样。头三个月，仅接了几单洗车业务，换了几个轮胎、几只电瓶。

西河街的左邻右舍，抱着怀疑、挑剔的目光，检阅小朱的修车技艺。说白了，那些个有车一族，在观望，在考察。试想，谁会把爱车交给没有资质的小修理铺修呢？车主在购买汽车的同时，一并买了车险。车子遇到碰擦，或者再大一点的事故，交给合作的汽车修理店，保险公司根据车辆的定损及车主的责任，按比例赔付。所以，大部分车主碰到车辆损伤，首选是那些具有资质的修理店。

当然，也有例外的时候，比如，轮胎突然没气，没有备用轮胎，又急于用车，便会去附近修车店救急。小朱头三个月接的几单业务，就属于救急的业务。

还有一小部分车主，出于种种原因，车被损了，不走保险，也找一些没有资质的小修理店维修，前提是车主对修车店有一定的了解，或者和修车师傅熟识。还有一个重要原因，修车费用便宜。

做任何事，都贵在坚持。小朱的修车店，逐渐被周边的住户认可，洗车量增加，小修小补的业务也不断。一家子起早贪黑，左手小吃店，右手修车铺，日子在忙碌中匆匆流逝。

一天清晨，大概七点，秦岭的小吃摊前围了几个顾客，有买大饼、油条的，有买茶叶蛋、包子的，有买豆浆、三角包的。其中，费时间等的，要算油条和三角包。

一侧的油锅上冒着热气，小朱粗壮的手娴熟地翻弄着油锅里的油条和三角包。刚从油锅里捞起的油条、三角包，黄灿灿、松蓬蓬地竖在用铁丝编制的漏筐上，控控油，稍微凉一凉，就可以夹给买早餐的客人了。

刚出锅的油条，着实让人垂涎欲滴。咬一口，脆、香、酥，食欲瞬间被勾起，再来一杯或甜或咸的豆浆，这是老人的传统早餐，也是很多上班族的心头爱。曾有人调侃，"我不要诗和远方，只想油条配豆浆"，可见人们对它的喜爱程度。

一旁的秦岭，忙个不停，一边给顾客拿早点，一边收钱、找钱，好在大部分年轻人都开始用手机钱包付款了，所以，收钱、找钱的活儿，也在日渐减少。

就在这当口，一阵刺耳的声音，突然平地响起，震耳欲聋，就像汽车紧急刹车时发出的那种声音，听来让人极不舒服。它惊扰了西河街上的路人、食客和店主。

人们的目光齐刷刷朝声音的方向寻来。当然，这些目光是不爽的、责备的。一条平静的西河街，虽然严寒酷暑、风里来雨里去的，不知经历了多少年，但它历来内敛、含蓄，不张扬，不跋扈，这方水土，完全融在了这方人的脾性中，温和，友善。偶尔有些争吵，也是软糯和斯文的，外人听来，就像在唱歌一样。

果然，就在秦岭小吃店的前面，一辆黑色轿车像头大黑牛似的，趴在道路的另一边。汽车里走下一人，身材魁梧，皮肤黝黑，人还没走到秦岭摊前，就扯开他的大嗓门对秦岭喊，老板娘，来一份油条，外加一个三角包，给我包上。快点啊，我赶时间。

说完，他掏出手机，开始打电话，说话的声音依旧很大，完全不顾聚焦他身上的那些目光。或许，人家确实有要紧的事，顾不了那么多，又或许，他天生是个大嗓门、暴脾气。

秦岭认得车主，但不熟悉。每天看到这辆黑色轿车在西河街上往来，但也只是近半年时间，或许是因为开了修车铺的缘故，秦岭一家子不管看到什么汽车，都会本能地多看几眼，也因此，对各种车标可谓如数家珍。

来买早点的一位顾客，说认得车主，和自己住一个小区，去年刚搬来的，是个小老板，小区里的人都叫他王总，做工程的。这几年房地产红火，赚了不少钱，市郊有几套房子。

秦岭开店卖小吃、修理汽车，讲究开门都是客，不管什么身份的顾客，她都一视同仁。再说，任何事都有个先来后到，让你优先了，就会得罪其他排队候着的顾客。所以，秦岭只能歉意地说，不好意思，油条还在油锅里，要等上一会儿。着急的话，给你拿包子、烧卖。

那个叫王总的还在打电话，但显然听见了秦岭的话，瞅了瞅油锅里还在翻滚的油条，又瞄了一眼排着队的几位顾客，一脸不悦地说，我就是特地冲着你家的油条来的，这不，我赶时间啊。那就随便给我拿一点吧。

秦岭麻利地拿了几只包子和烧卖，装在塑料袋里，递给王总时说了一声"四块五"，还说如果明天想吃油条，我提前给你备好。

王总没吭声，甩了一张五元钱的票子，接过早点就走。

秦岭喊道，等一等，找你五毛钱。她快走几步，追到车子前，把找的钱从开启的车窗塞了进去。

有时，人就是这样，越担心什么，就越来什么。俗语云，"急惊风撞着了慢郎中"。这不，急吼吼的王总，这会儿遇到了急的事。他一大清早出门，要赶去五十公里外的无锡约谈一桩工程生意。其实，这不算急事，早约好的，他是去讨工程做，所以算好了时间，这时间只能赶早，不能赶晚，不然，有可能到手的工程，会因为迟到而黄了。

虽然路程不算远，顺利的话，开车四十来分钟就能到了，可这是在道路顺畅的前提下。开车的朋友们都知道，如果要在指定的时间到达目的地，那一定要留有足够的时间，比如路上堵车了，又比如车子突发故障了，等等，这些因素都要考虑进去。

王总算足了时间，前一天又把汽车油箱的油加满，还检查了一遍轮胎。但还是发生状况了。他一边吃着早点，一边发动汽车。只听见汽车发出"突突突"的声音，却不见启动。接连试了几下，车子仍像一头大铁牛，趴着不见动静。这下他反应过来了，是电瓶的问题，没电了还是坏了？他赶紧给汽车修理公司客服打电话，把汽车发动不起来的情况说了一下。

接听电话的是一位女性，声音柔美、动听，她说，感谢您的来电，我马上联系维修人员。请您保持电话畅通。谢谢。说完，就挂了电话。

王总愣了一下，嘟囔了一句，该死的，什么玩意儿。不知道是说车呢，还是说那位声音柔美的客服。此刻，他真想破口大骂一通，发泄他既焦急又无奈的情绪。

不甘心的他，又试着发动了一下。汽车仍只发出"突突突"的声音，趴着一动不动。他下了车，恼火地踢了一脚汽车的轮胎，倒把自己的脚指头踢痛了，真是搬起石头砸自己的脚。他只好无奈地等维修人员和他联系。大约过了十分钟，维修人员联系他了，简单地问了问情况，然后说我们大概四十分钟赶到。王总说急着用车，能不能快点。对方说，我们尽快赶来，就挂了电话。

王总估算了一下，如果维修人员四十分钟到，加上修车的时间，再赶往无锡，很可能就错过约定的时间了。不行，得另想办法，他当机立断，决定打车去。他站在路边，等了几分钟，不见出租车的影子。

这条西河街，因地处城郊，往来的出租车本就不多，尤其还是早晨这个点，真的很难等到。

秦岭听到了王总骂骂咧咧的声音，又看了看那趴着的车子，估摸着是车子出了故障，便和忙着炸油条的小朱耳语了几句。

小朱即刻到隔壁的修车铺，提了几样器械，走到还在眼巴巴等出租车的王总跟前，说，我会修车，让我来看看吧。没等王总说话，小朱就钻进了车子，也试着发动，当然，车子没动。

应该是电瓶的问题。小朱从车子里走出来，对一旁还在发愣的王总说。

是的，我估摸也是。你会修车？王总有些疑惑，一个炸油条卖早点的，还会修车？

车子一般的小毛病，我都会修。喏，那是我开的修车铺。

小朱指了指斜对面的修车店，靠墙的一隅，陈列着一些汽车的小配件和几只轮胎，还有洗车、修车的器具。小店面虽然没有挂修车招牌，但明眼人一看就知道这是修车的，是没有资质的修车铺。

那麻烦你快点，我急着用车要赶往无锡。他此刻顾不了有没有资质，不管白猫黑猫，只要把车修好，就是救他的急了。

小朱走到汽车前面，打开引擎盖，再打开右边的那个黑色盖子，就看见了电瓶。他仔细看了看电瓶的接线，并用器械调试了一番，随后，用带来的专业充电器给汽车充电。

一般正常情况下，用专业设备充电，需要二到四小时，但充满的时间，取决于熄火后消耗的电量。

你和人约好了几点？

问这个干吗？

赶时间的话，半个小时，你就能开车上路，因为汽车电瓶还有余电。但到了无锡，记得继续再充。

真是太好了，谢谢啦。刚才还一脸懊恼的王总，此刻脸上立马阴转晴，他看了看时间，修车耽误半个多小时，到时路上开快点，应该能在约定的时间赶到。

多少钱？

不用了，举手之劳。

小朱一边说着，一边还给汽车的轮胎充着气。

那怎么行？你救了我的急，我要好好感谢你。说着，王总从口袋里掏出一张百元大钞，扔给在为轮胎充气的小朱。

好吧，你给我五元就行。

小朱说着，把百元大钞还给了王总。

拿着吧，我给你的加急费。

最终，小朱还是只拿了五元钱，算是他花的力气成本费。秦岭拿了几根刚出锅的油条，给了等候在一边的王总。他说了，就是冲着她家油条来的，这会儿，一批油条刚起锅，给了等候买油条的客人后，还有王总的。有时就这样，一会儿顾客排着队，一会儿又空一些了。

很快，半个小时到了。王总早已迫不及待钻进汽车。果然，汽车发动了。他开着车子，一溜烟没了踪影。

九

半个月后的一个傍晚，秦岭一家七口正在小店里吃晚饭，一张折叠式的小圆桌，满满当当围坐了七个人。

桌上摆放了几样菜，有番茄炒蛋、酸辣土豆丝、椒盐花生米、麻婆豆腐，还有一堆小吃以及一锅米汤。小吃比较杂，有包子、花卷、油条、萝卜丝饼等，叠放在一个竹编的箩筐内。

箩筐的工艺，看上去有些粗糙，这是秦荣在老家，砍了山上的竹子编制的。他还编了其他日常用的器具，像篮、扇、帽、凉席、凉枕、箕畚等。老家的这些家什，被秦荣夫妇一件件都带来了。

吃的这些小吃，很显然，是白天卖剩下的，外观看上去没有刚出炉的诱人，口感也会略差一点。自从卖小吃以来，秦岭一家每天早饭和晚餐吃的小吃，都是卖剩下的，吃不完，中午还当饭吃。有时，因天气不好，顾客特别少，当天剩下的小吃就多了，秦岭还会送给那些不嫌弃外观不好的左邻右舍，其中有喊小朱哥叫她嫂的美发店老板，只是三年前，美发店关门了，店老板就此和秦岭夫妇断了联系。秦岭曾打过两次电话，第一次打，电话处于关机状态，隔了一段日子，又打，电话音提示"您拨打的电话是空号"。

秦岭从不把卖剩下的小吃回锅热了再卖给顾客，所以，这也是小吃店至今还能经营得下去的原因之一。

翁婿两人在喝酒，下酒菜是花生米，还有那些剩下的小吃，一周喝个一两回，边喝酒，边不着边际地闲聊。秦荣说一些老家的山水、风月，还有村里的人和事，还有山里的飞禽走兽，还有秦岭小时候的顽皮、捣蛋，以及他和秦岭娘的家长里短。三个孩子听得入了神，像听故事似的，嚷嚷着要秦荣带他们回老家，到山上看星星、月亮，看天上飞的鸟、山上跑的兽，还有那些不知名的花花草草，尤其秦岭讲起的那个卢家大院。这一切的一切，激起了三个孩子强烈的好奇心。

小朱不会喝酒，但自从丈人搬来同住，丈人偶尔喝个酒，一人独饮，感觉少了点兴致，于是他便作陪，久而久之，他也能喝一点了。喝了酒的小朱，和丈人一样，话多了起来。他看看逐渐苍老的岳父母，跟着他和秦岭没享过一天清福，日常带娃，料理家务，还照看两个小店。小朱修车，秦荣打下手。碰到节日，车主像讲好似的，都把车开来洗，车就像人一样，到了节日换个新样子。那时，他们便会全家出动，秦荣和小朱给车外面喷、擦、洗，车子里面，由秦岭和娘清洁、擦拭，有时大娃也拿个抹布来帮忙擦拭。场面很是热闹，细看，不觉有点心酸。

再看看秦岭，不满四十，看上去像五十岁的人，姑娘时的水灵、秀美，早被家庭的重担、无情的岁月消耗殆尽。取而代之的，是满脸的沧桑，暗黄的肤色，环绕双眸的皱纹，以及夹杂白发的青丝。曾经引以为傲的身材，如今只是一副瘦削的躯干。整天忙忙碌碌，起早贪黑，舍不得吃、舍不得用，把好吃的、好看的，留给父母，留给三个娃。

那晚的月色真是好，星星会说话，风儿和蛐蛐唱着山歌。多么美好的夜色！那晚，她做了他的女人。那晚，她抛父别母，离开四个幼小的妹妹，和他一路闯荡、打拼。家有了她，像一个家了。

她不再是天不怕地不怕的山村姑娘了，她肩上有重担，背上有责任。她为朱家竭尽全力，呕心沥血。曾经想让她成为世上最幸福的女人，这是他的初衷，当然，现在还这么想。可实际情况呢？

小朱的眼圈红了，给丈人敬酒，说对不起他，没能让他们过上舒心的日子。给秦岭敬酒，也说对不起她，没让她成为幸福的女人。跟着他，受苦了。还有三个娃，也对不起他们。人家的娃，报各种兴趣班，学这个，学那个，培养得多才多艺，文武全才。他的娃，除了正常学业，放假的日子，要么和几个也是外地来的孩子玩耍，要么在小店里帮着打杂。比如收钱，比如做饭，比如洗衣，等等，这方面倒是能干得很。也是应验了那句"穷人家的孩子早当家"。说着说着，竟哽咽起来，一滴眼泪掉落到了酒杯，他一饮而尽，喝下了苦涩的酒。

丈人被女婿说得动了情，眼眶也有点发红。他说，娃，一家人咋说起两家话咧。你没有对不起谁，你和岭子为这个家，没日没夜地操持，我和你娘都看在眼里。现在日子是辛苦了一些，但只要咱们一家一条心，平平安安、开开心心的，比什么都好。这也是我和你娘的愿望。还有咱们家三个娃，都长大了，我看着他们、陪着他们成长，我和你娘有福气啊。你还让一个娃，跟了我的姓，我做梦都能笑出声来，要感谢你才是。不说了，不说了，你们都是我的娃。来，咱爷俩喝酒。

一旁的秦岭娘也插话了，她说，你爹说得是，我和你爹不图你们有多大出息，一家人平平安安、团团圆圆地在一起，比什么都强。等三个小宝长大、工作、结婚、生娃，我和你爹到了九泉下，也有颜面见秦家的列祖列宗了。

秦岭立起身，噙着热泪，走到男人身边，抱住男人的头，说，我不觉得苦，也不觉得委屈，如果没有你，说不定我还窝在大山里。我不是说咱们山村不好，我是说，我开了眼界，还有爹娘，还有咱们的娃。我守着爹娘、男人、孩子，开店，挣钱，过这样的生活，我心甘情愿。等咱们买了房，有了属于自己的家，日子会越来越好。

正当一家人感慨之际，有人闯了进来。其实，不能算闯。他们吃饭的桌子，就摆在小店的门口。马路上走过的人，有熟悉的，边走边打个招呼，"吃晚饭了"或"一家人热闹的"；也有的就停在路边，攀谈几句，拉拉家常，增进感情。比如讲讲天气，比如讲讲娃，再比如讲讲吃的，诸如此类的闲话。都是邻里之间的客套话，几分钟时间，不妨碍人家吃饭。

进来的不是别人，而是半个月前来买早点、车子电瓶出故障的王总。秦岭认出来了，顾客只要光顾小店一回，她就能记得这人，小朱佩服她这种过目不忘的本领。他不行，见过几次面的人，下回再见，还是认不出来，他说他这是脸盲症。秦岭还在想，自那天起，这半个月来，没见到王总的车子在西河街上出入，难道当时车子不能发动，不是电瓶的问题，而是小朱误判了，车子在赶去无锡的路上出了状况？

一家子在吃饭呢？走进小店的王总首先发话。

秦岭忐忑地盯着他，小心措辞，问，王总，半个月不见，有什么需要我们为您做的吗？心里想，他不会是兴师问罪要赔偿的吧？

吃饭的其他六人见到陌生人进店，也停下了手中的筷子，齐刷刷地看着王总。

王总见此，马上说，你们吃，你们吃，等你们吃完了，咱们再谈正事。

秦岭听到谈正事，心中更加不安了，哪还吃得下去？她站起身，对父母和三个娃说，我和王总谈一点正事，你们吃完了，先回家。又对大娃说，弟弟的作业，你帮着看看。

有时，吃完夜饭，三个孩子在店里把作业完成，再玩上一会儿。一般在十点前，由外公外婆带着回出租屋睡觉。

秦岭带着王总，来到隔壁的修车店，既然谈正事，总要坐下来，还要在相对安静的地方。

小朱跟了出来，从修车铺的墙角搬了三张凳子，凳子上有一些积尘，他随手擦了擦，看了看擦尘的手，手心里黑黑的，便去拿了晾在竹竿上的洗车毛巾，把凳子又擦拭了一遍，脸上闪现一丝尴尬，对王总说，简陋得很，简陋得很。您请坐。

王总倒是一点不介意，一屁股坐了下去，对小朱说，不要这么干净，我不讲究的。我也是苦力出身。我曾在工地上干了近十年，搬砖、和水泥、扛沙包、安装门窗什么的，都做过。

秦岭坐了下来。小朱挨着秦岭的一边，也坐了下来。此时的小朱，也是丈二和尚摸不着头脑，不知道这个王总究竟要和他们谈什么正事。但小朱的疑惑和秦岭的疑惑是不一样的。

现在看看王总的神色和架势，倒不像是来算账的。秦岭的心，放宽了一半。她试探着问，那天给您车子电瓶临时充了电，路上好开吗？

好开，好开。正好赶在约定的时间到了。无锡的那个工程我拿到手了。呵呵，要谢谢你们啊。

那真是太好了。恭喜王总又拿到一个工程。

秦岭这才松了一口气，笑逐颜开。又问，那王总您此番来，有什么事啊？现在这个点，小吃店已打烊，不卖小吃了，剩下的倒有一点，不过，一家子也吃得差不多了。他也不像来修车的，没看见他的车。应该是走着来的。

那他究竟为何？秦岭又纳闷了。

王总说，那我直说了。我和一个朋友合开了一家汽车修理店，朋友是甩手掌柜，委托我全权管理。当然，基于朋友对我的完全信任，我不能不管。可我也没有时间。我这边的工程还没结束，无锡的工程又马上要上手。我无法分身，也没这么多精力。所以，我专程前来，想请你们帮我管理汽车修理店。

请我们？秦岭和小朱同时脱口而出。夫妻俩对视了一下，疑惑的目光又转向王总。

是啊，请你们。你们的为人处世、店铺的经营状况、朱师傅你的修车技艺，我基本上了解清楚了。还有半个月前，朱师傅你临时救急，而且并没趁火打劫，当时我给了一百元，你也没要，仅仅收了五元钱。说实话，现在像你们这般老实做事、诚信经营的人，为数不多了。我要向你们学习。

一个大男人，被另一个大男人这么夸，小朱有点不好意思了，他脸上微微发烫，说，举手之劳，举手之劳。谢谢王总的赞美。只是，我们也分不开身啊。

我替你们想好了，你们的店不要开了，租店违约金我来出。我那边的汽车修理店规模很大，朱师傅你管理修车，就是管修车师傅、管汽车的一些配件，秦岭你负责后勤保障，包括工作人员的吃饭问题。我给你们开工资，还给你们股份。合同我也拟好带来了，放你们这儿，你们商量一下，三天后给我回复。反正，什么事都可商量。

王总放下合同走了。秦岭夫妻俩目送他的背影，直至看不见。

夜晚，西河街两旁的灯光，照亮了西河街的上空，也点亮了西河街，热闹了一天的小街，褪去了繁华，渐趋于平静。街上人影稀疏，偶有走过的，也是脚步飞快，神色匆匆。林立的商店，早纷纷拉下卷帘门打烊了。

月亮西沉，夜色凝重，风裹挟着夜露，打湿青苔。劳作一天的人们，如倦鸟，也歇息了。

十

今晚的秦岭，却没有歇息。她失眠了。

王总留下的合同，无异于天上掉下的馅儿饼，把两人砸得有些七荤八素。合同被反复看了几遍，内容基本能看懂，尤其上面的那些个数字，真真切切，实实在在，颇具诱惑力。

小朱依旧是那句我听你的。这么多年，他习惯了秦岭来发号施令。她是当家的，她说了算。他落了个清闲，把难题甩给了秦岭，然后翻了几个身，睡去了。

秦岭睡不着，面对突如其来的机会，她有些激动，她要好好盘算盘算，三天内做决断。想到经营小店近十年，披星戴月，起早贪黑，没睡过一个懒觉，没逛过一次公园，更不要说出远门了。辛苦是辛苦，但就是这两个小店，养活了一大家人。

一年又一年，忙碌，也踏实。靠的是力气、勤劳、诚信、手艺，换来了口碑。不论多少，每天有进账，风险基本为零。

除非店主偷懒，比如偷工减料了，用劣质的面粉做包子、油条、大饼等面食，或者把卖剩下的小吃，第二天拿出来，又回炉，卖给不知情的顾客，但顾客也不是吃素的，能吃得出好赖，下一次，就不再光顾你的小店。西河街卖点心的，何止一家，那不是砸自己的招牌嘛。又比如，有些个店主，三天打鱼，两天晒网。家里有事了、心情不好了、累了，或者其他原因，关门，歇上个一两天。总之，这样做事，有些随意。所有这些导致的后果，便是这些店离关门大吉不远了。

但以目前两个小店每天的营业额，要实现买房的愿望，至少还要再干上五年，或者更长一些。房价年年涨，挣的钱跟不上房价的上涨速度。就拿去年来说，年初到年末，一年的时间内，房价翻了一番，把秦岭看傻了，也吓傻了。省吃俭用、起早贪黑这么多年，积攒下的钱，一下就缩水了一半。本打算今年买房的，看来买不起了，只能继续往后延。

如果按照王总合同上写的，股份加上两人的工资，秦岭算了算，不出意外，两年就能买房，而且是一百平方米的房子，而且再过十年就又能买房了。

这么一算，可把她乐坏了，她不自主地笑出了声，是放声大笑的那种，连笑了三声，笑声戛然而止。夜深人静，不能把睡在隔壁的父母、孩子给吵醒了。确实，她的笑声很大，把睡梦中的小朱惊扰了，他含糊地咕哝了一句，怎么还不睡啊？然后翻了个身，又呼呼地睡去了。

这么多年，她还没这样放肆地笑过，她好像看到了那一幕，一家七口，住在自己的房子里。房子有客厅、厨房、卫生间和四个房间。父母一间，她和小朱一间，大娃一间，因为大娃是女孩，要独立一间，二娃和三娃一间。每个房间，按照各人的喜好，想怎样布置就怎样布置。他们不找装修公司，不花那个钱，他们自己搞，再找几个熟悉的老乡，帮着一起搞。

激动片刻，她冷静下来，又想了想。如果有意外呢？比如政策变化，经济下滑，营销不力，管理不善，等等，这些因素直接影响修车店的利润和未来的发展。又或者老板的资金链断裂，老板跑路了，那她和小朱怎么办呢？这种状况不是没有，就看看周边的商户好了，开开关关的情景每年都有上演。

她的小店能这么多年屹立不倒，笑傲西河街十余年，靠的是口碑、诚信、勤劳和手艺的融合。就这样把小店关了，投奔别人家修车店当伙计，她怎舍得啊？

天渐渐破晓。夏天的夜，很短。黎明，像一把利剑，劈开墨黑的夜幕。淡青色的天空，镶嵌着几颗残星。大地一片灰蒙，如同笼罩着浅灰色的轻纱。

秦岭一夜没睡，四点多起床，接着小朱起床，他们先后到了店里。秦岭升起卷帘门，然后揉粉、发酵、拌馅；小朱搭锅台、生火、烧水、热油锅。就这样开始了一天的营生。

中午，秦岭守着小吃店，趁生意清冷之际，靠坐在小椅里，打起了瞌睡。她实在太困了，睡得很沉。小朱在隔壁的修车铺洗车。洗完车，也坐在店里小憩。

突然，秦岭被一阵嘈杂声吵醒了，她睁眼一看，吓了一跳，小店门口围了很多人，其中有穿制服的，她认得这些制服标识，是工商和市场监管人员，他们又联合执法来了。

小朱的声音从隔壁飘来，城管同志，我们一定整改，不，我们再也不敢了。请放我们一马吧。我们挣的都是辛苦钱。

警告过你们几回了，把我们的话当成耳旁风，还和我们搞迂回战，玩"我进你退、我退你进"游戏，躲猫猫呢，是不是觉着很好玩？把我们的宽容，当成了纵容你们的法宝。我们知道，你们经营小店的，挣钱不容易，但不能不合法、不合规。就说你这个修车铺，没办理许可证，洗车的污水还乱排，严重影响周边环境。群众已经多次向我们反映了。这次，我们一定严惩不贷。

执法人员义正词严的一番话，也飘到了秦岭的耳朵里。

秦岭见此情景，快步穿过人群，来到小朱身边，和他一起面对这场"灾难"。当然，她不会无理取闹，更不会干扰执法。开店这么多年，靠的是和气和诚信。但在开修车店这件事上，她和小朱的确是错了，错在没办理许可证，错在污水横流西河街，错在屡教不改。

唉，为了早日实现买房愿望，他们一直心存侥幸，无视监管人员的教导和监督。真是被钱蒙蔽了心智。

城管同志，我们错了。我们不能为了自己挣钱，而破坏西河街的环境。我们保证，在办好许可证之前，修车铺再也不开了。我们认罚。

说完，秦岭拉着小朱向执法人员、围观乡邻鞠了一躬，接着道，给你们添麻烦了，感谢大家这么多年对我们小店的包容和支持。然后，又对执法人员说，同志，求你们高抬贵手，手下留情。我上有七旬父母，下有三个孩子，一家七口人，生活不容易。少罚一点。

秦岭使的这招苦肉计，有效吗？反正，有几个围观的人已在窃窃私语。唉，这家人不容易，挣的钱，确实也是血汗钱。谁说不是呢？我每天吃的早点，都是上他家买的，价格便宜不说，食材也新鲜，按一个包子的成本来算，赚不了多少的。是啊，我老公说，在他家修车，要比其他修车店便宜许多呢。

这时，从围观的几个人中走出一人，估计她属于胆子大的，也是个热心人。她是为秦岭求情的。

警察同志，这家人一直很本分的。我是西河街附近的老居民了，看着他们搬来，再开店，一步步到现在，不容易啊。你们就可怜可怜他们，少罚一点钱。还有，假如他们再有违规的举动，我来教育他们，并向你们举报。

嘻，一般老百姓对穿制服的，一律叫警察。他们分不清哪个是属于哪个部门的，反正，仅仅是个称呼而已。就像秦岭和小朱，虽然辨得出哪个是哪个，但他们也一股脑儿叫了城管同志，而不分门别类，叫工商管理同志，或市场监管同志。大家也习以为常了。

不知道城管同志，抑或路人口中的警察同志，面对秦岭和小朱的认错态度，以及吃瓜路人的说情，是否会网开一面。

他们的表情，是严肃的、认真的，脸上看不出喜怒。其中一位"城管"同志，在撕下单据递给秦岭时，像背书似的，说了一段话。

这是处罚书，按照单据上的金额缴罚款，限期内缴至指定的银行。如有不服，可在收到罚款通知15日内，向行政机关提出复议。如果既不缴钱，也不提出行政复议，根据《行政处罚法》第五十一条：当事人逾期不履行行政处罚决定的，作出行政处罚决定的行政机关可以采取下列措施：（一）到期不缴纳罚款的，每日按罚款数额的百分之三加处罚款；（二）根据法律规定，将查封、扣押的财物拍卖或者将冻结的存款划拨抵缴罚款；（三）申请人民法院强制执行。

秦岭十分忐忑，在接过处罚书时，看了看处罚书上的罚款金额，看后，心下略微一定。或许，她和小朱的真心认错，以及围观路人的帮忙说情，打动了执法同志，他们网开一面，手下留情了。又或许，就是按章办事，小本经营的，就这点价值。

小朱战战兢兢，连连点头，认罚，认罚，一定在限期内缴清罚款。我们保证，再也不干不合法的事了。

修车店的卷帘门，贴上了一张白纸黑字的封条，在正午阳光的照耀下，显得十分刺眼。它像一枚银针，扎进秦岭和小朱的心脏，痛得让人无法呼吸。赖以生存的修车店，就此要终结了。有人提出质疑了，那还不赶紧去办经营许可证，办好后，不就能开张营业了嘛。

秦岭何尝不想正大光明，合法经营，何尝想像做贼似的，偷偷摸摸，提心吊胆干修车行当？只是她租下的小店面，无论从面积、内、外环境、排水管道，还是从业技术人员，都达不到开汽车修理店的相关要求，那经营许可证也就无法办理了。

明知山有虎，偏向虎山行。他们躲躲藏藏地干了三年多。确实，正如执法同志所说，"把我们的宽容，当成了纵容你们的法宝"。也确实，有时清洗车辆时，排出的废水一下子来不及排入下水道，导致污水在西河街面上横流，局部积聚，形成"小水塘"。走过的行人，周边的商户，岂能不怨声载道？

天下没有不散的筵席。她和小朱，要和经营十多年的小吃店，以及不合法的修车店，说一声再见；也要对这熟悉的西河街，西河街的一草一木、一砖一瓦，这方天空的流云、繁星、清风、明月，道一声再见了。

当晚，秦岭在王总给的那一式两份合同上大笔一挥，签下了朱自强的大名。小朱说，你签，你字写得好，我的字歪歪扭扭的，落在合同上不好看。秦岭自小成绩好，字也写得好，初中毕业后，虽然文化水平没见得有多大提升，但每天记账的习惯，坚持了十多年，字也写得越发隽秀和老到了。就说合同上的那个签名，力透纸背，龙飞凤舞，不明就里之人看了，会以为是哪位名家的落款，或者，会认为此人一定是极具才华的。

签好合同后，两人把合同给王总送了过去。王总住的小区，就靠近西河街，距离秦岭的小店不远，步行二十来分钟就到了。

王总早就料到秦岭会签下合同的，试想，这么优厚的条件，有谁会不动心呢？何况，汽车正逐渐进入寻常人家，那汽车后续的维修和保养，不也跟着风生水起啊，现在的汽车修理市场，至少在近五年内，是稳赚不赔的。他是看中了小朱的为人，才把这块蛋糕分一点给小朱，当然，他也需要人来打理，交给别人，他还不放心呢。这也就是生意场上的"双赢"吧。

秦岭把合同递给王总时，还作了口头保证，她说，感谢您的信任，我和小朱一定不负您的重托，把汽车修理公司当成我们自己的，就像经营自己的小店一样打理，争取半年内走上正轨，一年内盈利，两年利润翻倍。这几天，我和小朱尽快把西河街的店处理结束，然后，投奔到王总您的公司，立马开展工作。

十一

一个月后，秦岭举家搬到离王总修车店较近的一个拆迁小区。小区有很多年头了，因租金便宜，所以深受外来打工人员青睐。

秦岭租了一套面积比原先大一倍的房子。有三个房间，秦岭父母一间，她和小朱一间。还有一个房间，翁婿两人搭档，联手做了个隔断，这样，一间变成了两间。隔出的一间，给大娃朱秋月一人住。女孩大了，又正是青春期，再和两个弟弟挤住一起，确实有许多不便之处。双胞胎哥哥朱春风、弟弟秦春雨仍合住一间。

这样的布局，令全家人兴奋不已。秦岭夫妇自是十分欢喜，搬进去的当晚，两人极尽夫妻之欢。小朱故意弄出很大的动作，他有好多年没这么尽兴了。十多年在夫妻之道上没有尽兴，这是一个什么概念？有时，小朱都觉得自己那方面不行了。他要寻找感觉，再展和秦岭结婚头几年的雄风。他要把这十多年来积聚的能量，一股脑儿地释放。他像一只饿狼一样，时而高亢长啸，时而浅浅低吟。他趴在秦岭身上，变换不同姿势，把秦岭折腾得气喘吁吁，呻吟不止。

秦岭由着他在自己身上使出各种动作，她心下也是欢喜的。这十多年里，夫妻之事，不但小朱压抑，秦岭也是。偶尔有点兴致，也是缩手缩脚，草草了事，就怕弄出什么动静，被外间的父母或孩子们听到。时间一长，再加上操持小店的辛劳，夫妻之间的这点事，就越来越淡了。算一算，一年时间里，行房的次数屈指可数。

读高一的朱秋月，也是欣喜不已，终于有一间属于自己的房间了。

正处青春期的她，个子蹿得比她妈还要高，是大姑娘了，女性的所有特征，都在她身上显露了出来。她暗恋上了一个男生，是他们班的班长，他不但成绩好，人长得又帅，班上的女生都喜欢他。她也喜欢他，但她很自卑，不敢和他说话，有时鼓足勇气，借着讨教数学练习题的机会和他说话，但一开口，她就紧张，就脸红，说话结结巴巴。之后，她再也没和他说话。她把自己的心思，记录在本子上，天天记。之前，她担心她的所思所想所写，被两个弟弟发现，现在，有了自己的小屋，她再也不用担心了，她在写的时候，可以配合自己的表情，或喜或悲，再或者，轻声地念出自己的心里话。

果然，如秦岭的保证，汽车修理公司在他俩的尽心打理下，一年就收回了王总和他朋友的投入，第二年，利润翻了一倍。王总也信守合同上的承诺，将白纸黑字上的数字，兑现在了秦岭的银行卡上。

秦岭家买房了，那一年，她家双喜临门。

第一喜，朱秋月考上了一所重点大学，这完全出乎全家人的意料，那是他们想都没敢想的，一所国内顶尖的高等学府。这是天大的喜事。全家人乐坏了，真是欢天喜地。

尤其是秦岭，睡梦中都笑出了声。想当初，为了减轻家里的负担，她放弃学业，跟着父母上山砍柴，下地种田，还照看四个妹妹。上大学就成了她一辈子的梦想和遗憾。如今，女儿考上了大学，而且是名校，也总算代她圆了大学梦。

这样大的喜事，自然要庆贺，隆重庆贺。在收到大学录取通知书后，选了一个周日，秦岭家设宴请客。请学校老师，感谢他们对女儿朱秋月的教育和培养；请左邻右舍和老乡，感谢他们平日里对他们家的关照和帮助，还请汽车修理公司的同事，当然，王总也请了，王总必须请，没有他这个贵人的相助，哪有他们全家现在的美满生活。

还有她家的第二喜，乔迁之喜。历经艰辛、拼搏多年，秦岭夫妻终于有了属于他们自己的房子，在这个喜欢的城市里，有了自己的房子，是多么美好、多么幸福的事啊。她和小朱终于苦尽甘来。等女儿大学毕业，再寻一份工作，然后结婚生子，还有朱春风、秦春雨两个双胞胎儿子，也成家立业，那她和小朱就可以含饴弄孙、享受天伦之乐了。

秦荣夫妇要回老家颐养天年了。

宴请后的第三天，秦荣对女儿女婿说，我和你娘从老家出来十多年了，一次都没回去过，想家了，尤其这几年，想得更厉害了。我时常梦见你爷爷，他问我，什么时候回去看看他啊？你爷爷来催我们回去了，回去给他的坟除草。现在你们的事业也稳定了，孩子们也长大了，我和你娘也可以安心地回家了。是的，这里什么都好，但不是我和尔娘的家，叶落归根，我们的根在秦岭山脉。

秦岭知道是该放父母回老家了，所以，她没有说一句劝父母留下来的话，当天向王总请了十天的假，准备陪父母一道回家。她也想家了，一直在想，想生她养她二十载的那山、那水。

一道回家的还有三个孩子，他们早就想去了，爷爷讲的秦岭山脉的那些传说、故事，还有山上的走兽、飞鸟，还有花花草草，都深深地印入了他们的心中。

十天的时间很快结束了，其间，秦岭一天都没闲着，她请了木工、泥瓦匠将十多年没住的几间房子重新修缮；还去了村委会，给山村捐了钱，用于山村学校和道路的建设；还去找了同学李梅，两人一宿没睡，有聊不完的话题，还聊起了卢家大院和马伯；还专程去了一趟卢家故居，一道去的，还有三个孩子。

临走时，秦岭向父母告别，秦荣只对女儿说了一句话，外面过不下去了，就回来。

秦岭点点头，深情地遥望连绵起伏的山脉。此时正是清晨，朦胧的山脉，笼罩着一层轻纱，影影绰绰，在缥缈的云烟中忽远忽近，若即若离。一缕阳光，透过朦胧的轻雾，投射在山村的小路、树木、屋舍、涧溪，斑斓的云层，伴同山村升起的袅袅炊烟，把山脉映照得如仙境一般。

曾经一位不知名的游方道人云游于此，他对村民们说，这是块风水宝地，日后，有将星诞生。

城外的月亮

一

　　孙建军还在阳台上吞云吐雾，一根接着一根，不知道抽了多少根烟。近日里，他抽烟的次数与日俱增。

　　晚饭时，他只顾闷头吃饭，基本上不说话，妻子王兰憋不住了，问："怎么啦？单位出啥事了？"丈夫平日里是个话很多的人，可以说是个话痨，什么都要说，单位的、同事的、邻里之间的，以及他的所见所闻。她习惯了他的话多，也喜欢听他讲那些人和事。

　　但近一段时间，也就是近一个月，他的话越来越少，还心事重重。问他，也不说什么事，只是说，单位事多，忙，累了。

　　孙建军抬起头，停止了吃饭动作，淡淡地回了一句："没事，吃饭吧。"王兰有些不满男人的态度，瞪了他一眼，又瞅了一眼吃饭的女儿。女儿正值高三，没几个月就要高考了，所以，不满归不满，王兰也就不作声了，怕影响女儿的情绪。

吃完晚饭，王兰收拾碗筷，清理厨房。女儿孙雯一头扎进书房，埋在小山似的书中了。

孙建军当甩手掌柜，吃完饭，便移步到阳台，望着夜色、星空及远远近近的灯光，抽起烟来，边抽烟边想着一些事。他曾经戒过烟，不止一次，每次戒时，都是信誓旦旦，说非戒不可，不戒誓不为人，并告知亲戚朋友同事。广而告之的目的有二：其一，就是告知他的那几个烟友，不要拿烟来诱惑他，他是下定决心的，并且希望他们监督他的戒烟行动。其二，对他自己有个交代，说出去的话，要践行，没做到，那他不就是个言而无信的人了吗？

只是可惜，他每次的戒烟行动，都以失败告终，失败的原因，很复杂。其中有一次戒烟，已经戒了一年多，他以为，这次一定能彻底戒了，家人、朋友、同事也这么认为。但最终，他又抽上了，而且是一夜之间，不，就是几秒的时间，他铁打的意志，彻底沦陷在缥缈的烟雾中了。

倒是他的亲戚、朋友、同事，从不把他下决心的话当真，他要戒烟，他们笑笑，还说一些鼓励的话，让他坚持，不要放弃。其实，在内心里，他们没觉得他能戒烟。他又抽上了，他们也笑笑，说一些安慰的话，说烟难戒的，不要戒了，有人戒是戒了，但打破了身体多年维持的平衡，反而生病了。说完，几个烟友又趁机递烟给他，他们一起吞云吐雾，好不快哉。

或许，这也是大多数烟友戒烟的历程，戒了抽，抽了戒，反反复复，复复反反，在戒烟的道路上屡次征战，无穷尽也。当然，有彻底戒了烟的，估计也为数不多，有的反复折腾了几次，没了耐心，就此不再折腾，反而抽得更厉害了。孙建军就是如此，戒了几次，没戒掉，索性不戒了。

王兰收拾好厨房，又洗了几样水果，切好，装盘，插上牙签，对躲在阳台上抽烟的孙建军喊道："建军，来吃水果了。给女儿也拿点过去。"她故意使唤他做事，心想，他一定有什么事瞒着她，而且还是很重要的事。

以往，她从不叫他做事，可以说，他是十指不沾阳春水，是衣来伸手、饭来张口的主。当然，这里指的是家务活，有些活儿，他也做的，而且，也必须他做，王兰做不了，也不会做。比如家里的电器出故障了，再或者，水管子漏水、下水道堵塞了，这些都是他做，他做这些很专业，因为他是机电工程师。

孙建军不做家务，也是王兰惯的。曾经的他，也很勤快，在结婚的头十年，他包揽了家务，买汰烧（上海方言，指买菜、洗菜、烧饭、烧菜），真是一位贤惠的"煮夫"，但王兰也没闲着，她要带女儿。所以，也是没办法，两人各司其职，分工明确。那时，没人帮衬，各自的父母也很忙，而且膝下都有几个子女，哪管得过来子女的子女？不像现在的独生子女，结婚、生娃、带娃，不论是出钱，还是出力，都有双方父母帮衬。有的父母还包揽了一切，当然，生孩子这事，必须得由小两口完成。其他的，都是父母包办，包括带娃，小孩吃睡都和爷爷奶奶或外公外婆一起。有看起来年轻一点的奶奶或外婆，带着小孙孙外出，不明真相的人见了，还以为是她们生的二胎呢。

直到孙建军当了企业生产部门的主管，由于工作繁忙，加班、出差成了常态。也就在那一年，王兰所在的单位裁员，她被裁了下来，她也就歇在家中，包揽了家务，照顾女儿，成了一名真正的家庭妇女。

经济基础决定上层建筑，尽管王兰没闲着，她也在为他们的小家鞠躬尽瘁。刚开始，两人一个在外拼事业，一个把家庭照顾得妥妥帖帖，这样的模式，你好，我好，家庭也很好。孙建军有时还会帮着一起做家务，还对王兰说"辛苦了"之类的感谢的话。

但时间一久，彼此都习惯了这种模式。孙建军认为，家务事就是王兰的事，在外拼事业的他，压力大，既要完成年年增长的生产业绩，完不成，影响收入不说，他主管的位置也可能会被同事取而代之；又要看老板的脸色，还要担心万一企业效益不好了，他也失业了，那该如何是好？他可承担着养家糊口的大任。

这些话，他从没对王兰说过，他是男人，养家是他的责任。有时，烦恼上来了，或者，感到压力大了，他就抽烟，抽烟是他舒缓压力的一种方式。而且，他心里还有一些埋怨，埋怨妻子没能为他分担养家的压力，就靠他一人养家，他的负担能不重吗？

细算一下，家庭的开支，每个月都在万元以上，房贷是一笔最大的开支。还有女儿的教育花费，主要是补课费，虽说女儿成绩不管在班级还是年级，排名一直遥遥领先，按理说，完全不用去上那些补习班，但是不上吧，心里不踏实，人家孩子都在补，你不补，就是在原地踏步，人家补了，进步了，你就落后了。再说，好是无止境的，没有最好，只有更好，何况，她也不算最好的。有句话叫"不能让孩子输在起跑线上"，这是为人父母的心愿，也是孙建军夫妻俩的愿望。除了上述这两笔，还有糊口费，也是笔大的开支。物价年年涨，就是工资不涨，或者工资上涨的速度，跟不上物价上涨的节奏。

真是不算不知道，一算吓一跳。孙建军感到他的双臂，就像是举着一副一百公斤重的哑铃，压得他喘不过气来。当然，他也只是在烦恼的时候才有此感受。大多数情况下，他还是满意的。对啊，他有什么不满意的呢？妻子王兰贤惠，女儿孙雯成绩优秀，以女儿目前的成绩，考个重点大学根本不在话下。

压力人人都有，每个人都在为生存拼搏。再看看身边的邻居、同学或同事，不是孩子不争气，就是婚姻不如意，有的甚至以离婚收了场。他算是成功人士了，担任一家日企的部门主管，整个公司几百号人，能当上主管的，也就那么几个人。他是外人眼中的"白领""精英"。当然，光鲜外表下的他，也有烦恼。话又说回来，是个人，都会有烦恼。只是每个人的烦恼不同而已。

孙建军听到妻子的叫喊，赶紧把手上的烟猛吸了几口，吸完，把烟蒂丢进了烟灰缸，烟蒂在水里发出"刺刺刺"的声音，不一会儿，便无声无息了。几支烟蒂泡在黑乎乎的水中，使烟灰缸看起来如染缸一般。

他又用手用力扇了几下，想把围绕在身边的烟雾扇到阳台外的广袤天空；再使劲吐了几口气，把聚集在咽喉、肺部的烟味，吐个干净。吸烟的人，是闻不到自己身上的烟味的，但对于对烟敏感，或讨厌烟味的人，只要闻到一丝烟气，便会或皱眉，或躲得远远的。尤其是近几年，二手烟的危害被宣传得妇孺皆知。那些吸烟的瘾君子，好像成为过街的老鼠了，或许某一日，不加注意真会挨打。

有过瘾君子挨打的报道。那是在公共场合，一家饭店的大厅，一个吃客，不顾大厅其他人的感受，掏出香烟，自顾自地抽起来。估计那个吃客不听人劝告，被也在饭店吃饭的一个孕妇的老公一顿痛打，最后惊动了警察。

想想确实有些气愤，你快活似神仙般地吞云吐雾，毒害你自己，是自作孽不可活。毒害旁人，成年人也就罢了，可是，绝不能毒害祖国未来的花朵。所以，那个痛打吸烟者的孕妇的老公，或许也是迫于无奈，实在忍不下去了，才做出如此不理智的行为。

孙建军有十多年烟龄了，他的一个抽烟习惯，值得点赞，那就是他从不在公共场合吸烟。在公司，有吸烟室，烟瘾上来了，他就躲到吸烟室抽上几根，碰到同事也在，就一起边抽烟，边聊上一会儿，也是十分惬意的。

在家中想要抽烟时，他便躲到阳台上抽。尽管妻子和女儿对他抽烟的坏习惯颇为包容。其实，孙建军刚开始抽烟那会儿，王兰也常劝他不要抽，首先，抽烟对人体的健康有百害而无一利。其次，一个月抽烟的烟钱，也是一笔不小的数目。但染上了烟瘾，要戒掉就难了。王兰也只得容忍男人的这一嗜好。

妻子和女儿对他抽烟与其说是包容，还不如说是麻木了，不唠叨了。作为孙建军本人，更得自觉，而不是得寸进尺。所以，每次躲到阳台上抽完烟，他就做上述的几个动作，用手扇去萦绕在身边的余烟，再哈气，吐尽吸进肺内的烟气。有时，还会喝上几口茶，或者嚼一块口香糖，以清除口腔里残留的异味。

这些动作做下来，有些作用，但作用不大。他所经之处，被风一吹，那些沾染、吸附、深藏在衣缝中的烟尘，又随风飘散开来。

孙建军按照妻子的吩咐，把水果端到女儿孙雯的书房。父女两人边吃水果，边天马行空地聊，什么都聊。孙建军在女儿面前，没脾气，也不敢有脾气，就一个宝贝女儿，疼还来不及呢。他从没对女儿说过一句重话，更不要说打了。

倒是做娘的王兰，常和女儿拌嘴，有时吵得很凶，声音大得连隔壁的邻居都听得见。也打过女儿，那时女儿还小，脾气倔，不听娘的话，王兰气不过，就打，用手，还用掸灰尘的鸡毛掸子。一次，被下班的孙建军见了，抱起女儿便往门外走，说你再打女儿，我们就离家出走了。

大一点了，不打了，但嘴上吵，谁也不让谁。孙雯自小就伶牙俐齿，有时王兰还吵不过她，气急了，说："早知道你这么不听话，我生你干吗呢？一把屎一把尿把你养大，就是让你气我的吗？"孙雯回敬道："谁让你生下我的？你征得我的同意了吗？逼着我学这个，学那个，又不让我做这个，做那个，你还不如把我收回你肚子里去。我们都落得一个省心。"

都说的什么话！

孙建军听见了，就站出来，两边劝。他对王兰说："和女儿计较什么呢？她不懂事，你也不懂事吗？我们做父母的，对孩子要有耐心，尤其是孩子一些习惯的培养，不能急，也急不得。"又转过身对女儿说："雯雯，怎么和妈妈说话的？妈妈脾气是急了一点，但都是为你好啊。你现在还小，不能理解妈妈的一番苦心，等你长大了，就明白了。"然后对着两人又说："都少说一句啊。退一步海阔天空，忍一时风平浪静。"

说完，拉着女儿一起进了书房，两人没大没小地玩。孙雯叫老爸学狗叫，孙建军就学狗叫，他学的是小狗的叫声。女儿被他逗得哈哈大笑，边拍手，边鼓励他："爸爸是小狗，叫得真像，再来一个。"还坐在他身上把他当马骑，快马扬鞭，小手拍着老爸的屁股喊："爸爸，快爬。"

再大一点，两人搭积木、玩魔方、涂鸦。孙雯玩魔方的悟性极其高，转转，再转转，魔方的六个面就复原了。有时，孙建军复原魔方的速度还不及女儿。他还特地买了一块画板，有一面墙大，又买了各色的画笔，画板贴在墙面，两人在画板上乱涂乱画，什么都画，想到什么画什么，看到什么画什么。也因此，孙雯喜欢上了画画，孙建军就托人找了个吴门画派的大师，教女儿画画。当时还想着，万一女儿学习成绩不咋样，就让她读个美专，学成后，成立个工作室，教学生画画，说不定将来也能成个名画家。条条大路通罗马，不是非得千军万马过高考这座独木桥。让她健康、快乐地学习、成长，是孙建军对女儿的教育观念，也是他的愿望。

王兰不这么想，就因为膝下只有一个女儿，一定得把她培养成才，上大学是必须的，像她爸一样，读个重点大学，青出于蓝而胜于蓝。王兰没上过大学，只有高中学历。高考落榜后，就进了工厂，成了一名流水线上的操作工，辛苦不用说，薪酬也少。她羡慕那些大学生，同样是进企业，他们坐办公室，钱拿得还比一线操作工多。真是赚钱不吃力，吃力不赚钱。她也是看中了孙建军的大学文凭才和他交往的，谈了几个月，迈进了婚姻殿堂。不然，像她这样的城里姑娘，怎么会看得上其貌不扬又是乡下出身、家中还一贫如洗的他呢？

她有点愠怒丈夫和事佬的态度，语气里还带有一丝醋味，说："好、好、好。我脾气急，没耐心。那你管，我是管不了了。我管多了，反而是我的错了，见了我像仇人似的。你不管，成了好人，她倒和你亲。"

是啊，女儿的吃喝拉撒，女儿的学习，都是她管的，临了临了，落得个里外不是人，还成了女儿眼中的"凶妈"。他什么不管，倒成了女儿眼中的"慈父"，女儿什么话都和他讲，有时，两人说话，还避开她这个当妈的。想想就气愤，想想就委屈。

但正如孙建军所说，女儿大一点了，自然就会明白为人父母的艰辛和不易。确实，自进入初三，孙雯一下子像开了挂一样，不但成绩噌噌地往上蹿，对父母也敬重有加，尤其对王兰的态度，以前是针尖对麦芒，现在不论王兰说什么话，孙雯就笑嘻嘻地回两个字"好的"，至于有没有往心里去，那就不计较了，主要是态度，态度好，就好，态度决定一切。

孙建军和女儿聊了一会儿，他们聊诗词，聊趣闻，聊历史人物，聊国内外新闻热点，就是不聊学业。父女两人聊得投机，虽说孙雯现在还只是个高中生，但她涉猎极为广泛，有时，对一些现象或事件的独特见解，着实让为父的孙建军佩服。他们聊的时间不长，大概半个多小时，正好孙雯吃完水果。孙建军通过和女儿聊天的方式，给高三冲刺的女儿解压、疏导。

其实，自他当上生产部门的主管后，由于经常出差、加班，还要参加一些必要的应酬，陪伴女儿的时间便大大减少，但只要有空，他就会寻找机会和女儿说上几句话。比如出差在外，趁晚上时间，给女儿打个电话，聊上几分钟。

王兰说："给女儿打电话，怎么不给我打？"

是啊，他出差十天半月的，她也牵挂他啊，但这话说不出口，老夫老妻的。他们那个年代的人，哪像现在的年轻人谈情说爱，常把"喜欢"或"爱"字挂在嘴上。再说，她和孙建军是经人介绍认识的，彼此感觉不错，就领证结了婚。至于那种"爱"，反正王兰没有深刻体会，估计孙建军也是如此。但相濡以沫几十年，已经发展为亲人的感情了。她还担心老公外面有红颜知己，不然，怎么不给她打电话，和她说说话呢？

孙建军说："女儿学习压力大，我是在给她解压。这你也要吃醋啊。"

王兰说："我也有压力，也需要解压。"

孙建军说："你一个家庭主妇，不看领导脸色，没有生产指标，能有什么压力？"

王兰说："瞧你这话说的，我在家操持家务，伺候你们爷俩，你们一个个都是甩手掌柜，衣来伸手、饭来张口，我还要天天变着花样给你们做好吃的。我所做的这些，得不到你们的肯定，还要看你们的脸色。我不委屈吗？我没有压力吗？"

孙建军说："你这算什么压力啊，再说，我们给你脸色看了吗？不可理喻。"

王兰说："是的，我不可理喻，你不和我理喻，你是和可以理喻的人理喻了吧。"

她说这话，有所指，有所隐喻。凭一个妻子，一个女人的直觉，丈夫孙建军对她的态度有些许变化，但这"些许"，要用话表达，却表达不出来，就像"只可意会不可言传"这句话说的一样。这也是三年来，她身体感受到的。

他们已经两年多时间没有夫妻生活了，不是王兰不想，是丈夫孙建军不想。

孙建军说："你说这话什么意思？"

王兰说："没什么意思。如果你觉得有意思，那就有意思。"

孙建军说："乱想什么呢？好了，好了，那我下次也给你打电话。"

他的态度软下来了，这更令人怀疑，她不是计较他打不打电话的事，她计较的是他的态度。他做贼心虚。她是这样想的。尽管以后出差，他在给女儿打电话后，也会给她打电话，但那是敷衍的通话，没有实质性的内容。王兰比喻它像一道菜，"清汤寡水"。

孙建军走出书房，来到客厅，吃王兰给他准备好的水果。此时的他，郁闷的心情在和女儿的聊天中，已得到了缓释。

王兰坐在孙建军对面，看着他吃，她不吃，她在减肥。曾经的她，要身材有身材，要模样有模样，但自成为人母，又成为家庭主妇后，她的身材彻底和大妈一样了，可以用近几年网上流行的"油腻"一词来形容。可不是嘛，她整天和厨房打交道，不油腻才怪呢。

从前年开始，王兰开始减肥。减肥的有效方法，不外乎节食加运动，就是那句"管住嘴迈开腿"。但说说容易，真正实行起来，也是极为不易的，你要挡住美食的诱惑，抵抗挨饿的躁动，还要达到消耗脂肪的运动量。

她试了一个月，饮食每餐减半，晚上健走，称一下体重，只是降了一点。有时，忍不住多吃一点，那降下去的体重，即刻反弹，甚至反超。她泄气了，感慨自己的体重像顽固不化的老头，倔强，执着。

孙建军说："减肥和戒烟一样，需要强大的毅力和恒心，而且要长期坚持，不是每个人都能做到。人生苦短，不要太为难自己，怎么舒服怎么来。再说，我又不嫌弃你。"

王兰说："你这是宽慰我的话吗？我怎么听来这么别扭，你言外之意，是嫌弃我。"

孙建军说："你又曲解我话的意思了。那我再说一遍，我不嫌弃你。"

王兰说："你就是嫌弃我。"

孙建军说："你要我怎么说才认为我不嫌弃你？"

王兰没吭声，她希望他这样说："不管变成什么样，我都喜欢你。"可是，又转念一想，她会对他说那句话吗？

"喜欢""爱"这些字眼，对中年夫妻来说，是何等的奢侈。或许，在他们夫妻相处之道的字典里，这些字眼早被剔除出去了，剩下的是"相敬如宾""举案齐眉"了，如果一辈子真能如此相处，也算是功德圆满的婚姻了。

王兰没有放任自流，但也没有过分节食和锻炼。她改变了减肥策略，就是晚饭不吃主食，不吃荤菜，只吃蔬菜喝蔬菜汤，吃到五成饱，便搁下筷子不吃了。肚子再饿，也不吃任何东西，坚持到上床睡觉。自此，她的体重一直很稳定，没增，也没降。

她的一位邻居说了，到了更年期的女人，体重很难控制的，体重没增，就算是减肥成功了。邻居和她年龄相仿，也是家庭主妇，身材比王兰还要圆润。她说这话，算是安慰王兰，同时，也安慰她自己吧。也许她在身材管理上，也反复折腾过，折腾来折腾去，身材还是这般圆润。

王兰看着孙建军大口吃水果的模样，咽了几下口水，然后问："到底发生了什么，能告诉我吗？我是你老婆，如果有事，你一定要告诉我，我们一起想办法，一起面对。"

"没事。"孙建军说。看着爱人关切的眼神，他的心头掠过一丝不安和内疚。

王兰又说："你不觉得近一段时间你话很少吗？"

孙建军说："觉得累了，就不想说话。以后我注意。你不要胡思乱想了，你也累了一天了，洗漱一下，早点去睡吧。"说完，他站起身，拍了拍王兰的肩膀，往阳台走去。他又去抽烟了。

王兰望着他的背影，心里酸酸的，他心里一定是有事的，就是不想和她说，你撬开他的嘴，他也不会说。又或许，他心里的事，是不能让她知道的事。她躺在床上，翻来覆去，胡思乱想，直到听见孙建军进了他房间，又传来他的呼噜声，她才沉沉睡去。

两年前，孙建军提出分房睡，理由是为王兰着想。他说他经常加班、应酬，晚上回来得晚，又没个时间点，经常把熟睡的王兰吵醒。这倒是真的，她也为此埋怨过他，但她从没想要和他分房睡。

夫妻不在一张床上睡，那还算是夫妻吗？尽管，他们的夫妻生活近几年越来越少，到了前年，彻底没有了。但毕竟还是同床共枕，还有肢体接触。有时，王兰翻一个身，她的胳膊，或她的腿，搁在了孙建军的身上，她也是心满意足的。

所以，王兰不同意分房睡，她说，没事的，习惯了。是啊，她习惯了他的存在，习惯了他打的呼噜。几十年形成的习惯，一旦再要打破，又要有很长一段时间去适应了。但他坚持要分房睡，她便同意了。她是一个女人，有女人的自尊，女人的骄傲，离开他，她就睡不着了吗？

是的，至少到目前为止，她要听到他房间传出呼噜声，才能安心地睡着。

二

孙建军加完班，给他的铁哥们儿张勇发了一条信息："等会儿一起喝一杯？老地方。"信息发出去不多时，可以说是秒回，尽管此时已是晚上10点了。张勇说："好的。"真是铁哥们儿，好像是心有灵犀似的，又好像就守在手机旁，等着孙建军约他喝酒呢。

两人是高中同学，张勇因高考失利，成了一名待业青年，歇家半年后，到社会上寻工作。刚踏入社会的他，年少气盛，心比天高，还眼高手低，挣钱少的工作不愿做，钱多的工作又嫌累，陆陆续续，寻了很多份工作，每份做的时间都不长，长则一年，短则三个月，总觉得这也不好，那也不好。觉得不好，不满意，就卷铺盖走人。他也做过小生意，摆过地摊，开过小店，还和人合伙经营过一家饭馆。但最后，都以亏本收场。所幸，他家家底殷实，父母就他一个儿子，只要不出大的纰漏，也就随他折腾了。

　　直至而立之年，成了家，又添了娃，或许自己也为人夫为人父了，才突然感觉到了肩上的责任和担当，好高骛远的他，一下脚踏实地起来。那年，正好孙建军所在的公司招人，巧的是，张勇成了孙建军麾下的一名员工。自此，分别十年的老同学，又恢复了联系，并且关系更加密切。

　　这次，张勇一干便是五年。他工作认真、踏实，还善于思考，在为公司节约生产成本方面，提出了一些建设性的建议，多次被部门评为"先进个人"。那一年，也是他工作的第六年，不甘平庸的他，又萌生了一个念头，他要开公司创业。当然，这是他深思熟虑、思之再三后做出的决定。他把他开公司的想法，以及未来公司的蓝图，和孙建军一说，即刻得到了响应和支持。孙建军说，有什么需要的，自己必倾力相助。从此，张勇成了张总。

　　如孙建军自己所承诺的，他为张勇的公司倾尽了全力，他出资出力，出谋划策，还介绍客户。张勇的公司，也是因为有孙建军的倾力相助，才得以顺利投入生产、销售。而且两年时间，公司资产翻了一倍。可以这样说，没有孙建军的帮助，张勇成不了张总。张勇要给他一半的股份，这也是他应得的。但孙建军坚决不接受，还说，他帮张勇，纯属同学情，如果为"利"，或许同学之间的情谊，今后就没有了。

当今，很多人本着"天下熙熙，皆为利来；天下攘攘，皆为利往"的理念，各自在奔波，孙建军却不为所动，他信奉情义高于一切，真是世间少有啊。张勇感慨之余，又心生敬佩。孙建军如此有情有义，那自己决不能无情无义。以后，孙建军的事，不论大事，还是小事，也都是他张勇的事。

孙建军到达饭店时，张勇早点好菜，备好酒，恭候多时了。说是饭店，其实是一家小菜馆，面积不大，八十多平方米，设了一个大厅，两个包间。大厅摆放了八张长条桌，错落有序，倒也简单清爽。两个包间一大一小，大包间可坐十人，挤一挤，十二人也能坐下；小包间只能容纳四人，再加座，就局促了。

小菜馆老板姓崔，年轻时在星级饭店做过厨师，羽翼渐丰后，从星级饭店辞职，另起炉灶，就开了这家菜馆，菜馆名为"小崔说事"。这名来源于一档电视节目《小崔说事》。崔老板是该节目主持人的一名铁粉，迷恋的原因，一是同姓"崔"，是啊，说不定五百年前还是一家呢，二是十分喜欢主持人的主持风格。

崔老板当时给菜馆取这名，还遭到他老婆的嘲讽，老婆说："一档高收视率节目被你挪来做了菜馆名，你不怕玷污它啊，若被北京的崔老师知道了，说不定要来找我们算账，算侵权的账。还有，工商部门能让我们注册吗？"

老婆的担心不无道理，幸运的是，工商部门登记注册时，工作人员对菜馆名称没一点意见，顺利批了下来。而且，崔老师至今没来找他们算账。崔老板倒是希望对方来，来了，请他吃自己的拿手菜，喝自己珍藏多年的老酒，俩"小崔说事"，把酒言欢。再和他合影，把合影的照片放大，印出来，挂在大厅中央，这是招牌、广告，那菜馆的名声，岂不远近闻名了？！

嗤，想得真美！

"小崔说事"菜馆，开于孙建军家的附近，离张勇家也不算远。开张的那天，孙建军也去凑了热闹，他是冲着菜馆名去的，他也喜欢看《小崔说事》，只是可惜，后来不知什么原因，这节目停播了。

崔老板小本经营十多年，在风云变幻的饮食行业，能一直坚守，而不被淘汰，靠的是菜的品质，菜的价格及老板的为人。菜品好，价格实惠，自然深得附近居民的认可。来吃饭的，也大都是住在周边的居民，一来二去，慢慢地，吃客和老板成了朋友。其中，不乏约上三五知己，来"小崔说事"菜馆说事的，说事第一，吃饭第二。就像这次孙建军和张勇的"小崔说事"菜馆之约。

孙建军是"小崔说事"菜馆的常客，有事没事，约了人，便到"小崔说事"菜馆吃吃饭，喝喝酒，谈谈天，说说事。因此，他和崔老板成了朋友，不是酒肉朋友，是那种说得上一两句贴心话的朋友。成为贴心朋友的原因之一，是两人都喜欢看《小崔说事》。

"小崔说事"菜馆能够屹立不倒还有一个原因，只要是崔老板的朋友，不管多晚，提前给他一个电话，他家的菜馆就不打烊，他必定坐等他们的到来。

孙建军连喝了两盅酒，是四十度的白酒，脸顿时红得像关公，脖子也红，喝酒脸红的人，不等于不能喝酒。他能喝一点，最高纪录喝过一斤白酒，没烂醉。有过一次醉酒的经历，也仅一次。那次是与主管一职擦肩而过，他在失意状态下喝的酒。没升职的原因，是被部门的另一同事捷足先登，同事使了一些下三烂的手段，把他绊倒。他借酒浇愁，喝了七八两就醉倒了，烂醉如泥，不能自主。朋友把他送回了家，他一直昏睡，直到第二天日上三竿才酒醒，醒来时头痛，腿痛，肝区也痛，全身痛。自那次醉酒后，他没再喝醉过，喝醉酒的滋味不好受，伤身又伤肝。

"吵架啦？"张勇望着脸红脖子也红的孙建军问。

"没有。"孙建军沉着红脸回答。

"你状态不对，到底出什么事了？"张勇追问道。

"她提出了分手。"孙建军说。

"哦，为什么？"张勇轻描淡写地问。

"她没说为什么，就说要分手。还说珍惜枕边人。什么意思吗？"孙建军痛苦地回答。

"你怎么想？"张勇问。

"我不想分。我好不容易遇上一个我爱的女人，我不能轻易放手。没有了她，我的生活就像行尸走肉一样，没有灵魂了。"孙建军说。

"啊，这么严重？建军，不是我说你，你太把感情当回事了，我早劝过你，找女人，玩玩可以，但不能当真。咱们有老婆有孩子，不可能为外面的女人而离婚。你要想清楚了，王兰是个好女人，再说，还有雯雯呢。"

其实，张勇说的这一番话，之前，他们早就探讨过了，只是孙建军痴情，认为遇到爱的人了，就投入了他的真情。张勇玩世不恭，即使遇到一个喜欢的女人，感情上也能收放自如，不喜欢了，或者厌倦了，好聚好散。他身边从不缺女人，而和他相处的每个女人，好像也和他一样的想法，不把感情当真，只有傻瓜才谈情呢。谈情，伤心、伤身，还伤人、伤己。

孙建军口中的要和他分手的她，自然不是他老婆王兰，而是另外一个女人，她叫吴眉。他不是一个随便的男人，在遇见吴眉之前，他一直自诩是个对家庭有责任有担当且忠诚的好男人。而且，对当今社会的一些现象，比如，婚外情、一夜情，他还颇有微词，认为这是世风日下，道德沦丧的表现。他是绝不会婚外找女人的。而且，对于他的铁哥们儿张勇经常换女人，他还劝谏、指责过。

只是在那一年，他遇见了她，就此，终结了他自诩的好男人形象。

那是三年前清明节假期的最后一天，同事组织了一次聚餐，有七八个人，都是同事的亲朋好友。孙建军一个也不认识。当时，吴眉坐在他身边，他对她没感觉，也没有想法。因为他是有家庭的男人，对一切其他女人都没有想法。出于礼貌，他和坐在身边的她寒暄了几句，至于寒暄的什么，他都忘了，他只记得她是小学语文老师。在寒暄的过程中，互加了微信。仅此而已。此后，她像他的其他微信朋友一样，不动声色地躺在他的微信通讯录里。

偶尔，她，或者他，在朋友圈里推送一篇文章，或发一条动态，彼此点个赞，但不交流。直至两个月后，孙建军女儿孙雯中考完，在填报志愿时，有些犯了难，因为依据孙雯当时的成绩，有点吃不准填什么学校。

孙雯初三那年，成绩突飞猛进，尤其到了下半学期，有几次阶段测试，成绩进入了班级前三，还有一次，年级排名进入了前十，这是孙雯自入学以来，考出的史无前例的好成绩。只是可惜，勇猛的势头随着中考的来临，戛然而止。此处申明一下，不是考试考砸，是因为中考到来前一个月，为了不影响学生的心情，学校不组织任何性质的考试，让考生在安静的环境下，放松心情，怡然自得，迎接中考。不考试了，就看不出孙雯的学习成绩是继续突飞猛进，还是趋缓，或者又掉落到原来的中上游队伍了。

所以，孙建军在为女儿填报中考志愿时，颇感为难，咨询了孙雯的班主任、任课老师，还有专门为中考考生填报志愿解惑答疑的专家。所问之人，都莫衷一是，所谓仁者见仁，智者见智吧。关键一点，还是要看家长及考生的意愿。

在犹豫不定怎样填报志愿之际，孙建军正好看到吴眉发在朋友圈里的动态，就是关于中考考生填报志愿的一些技巧和关键点。看到动态的他，即刻给吴眉发了信息，把他女儿初中阶段以及初三下半学期突出表现的情况，一股脑儿向吴眉兜了个底，就是希望她给予精准指导。

如孙建军所期待，吴眉给予的指导，精准又实在。她说如果孙雯是她女儿，她会如何填报，并列举了三所她模拟填报的学校。

孙建军大喜，没有多加思考，搬来主义，把吴眉模拟填报的学校，原封不动打包给妻子王兰和女儿孙雯看。当天，三人一合计，又原封不动将吴眉的模拟填报学校，变成了孙雯填报的志愿。

不负众望，孙雯如愿被填报的第一志愿学校录取。当然，这主要归功于孙雯发挥出色，不然，再怎么科学、精准的填报，也只是纸上谈兵。但如果填报失误，就可能出现考了高分，也不一定被预期的学校录取的情况。每年中考后，都有这样的案例发生，某考生中考成绩不错，却因志愿填报失误，连高中也没得读，无奈之下，只得上了一所职高。唉，这不是误人子弟嘛。

为表示感谢，孙建军请吴眉吃饭。刚开始，吴眉没答应，她说，纯属举手之劳，不用客气，自己只是建议，该宴请和祝贺的，是孙雯。但在孙建军的再三邀约之下，吴眉答应了。

为了避嫌，孙建军把张勇叫上了，吴眉也带了她的一位女同学一起赴约。就这样，两人算正式熟悉，互动的次数渐渐多了起来。在相聊中得知，他们是同乡，还是同一所中学毕业的，孙建军比吴眉高三届，也就是说，孙建军7月初中毕业离开学校，两个月后，吴眉踏入该校读初一。算是擦肩而过了。

聊得多了，发现两人在兴趣爱好及为人处世方面，有很多的相同点。吴眉虽然是语文老师，但对于其他课程，比如音乐、体育，也十分喜爱。她会弹古筝，当然，与专业人员还是有差距的，但在外人比如孙建军听来，那筝音犹如桥下潺潺的流水，叮咚悦耳；又仿佛是孤鸿飞过时的几声清啼，委婉缠绵；还如李清照的哀婉叹息、薛涛的浣花小笺，似一朵淡淡的兰花，**静静地开放在遥远的夜空**；又恰似那一树紫丁香的缤纷，把人带进恬美、宁静、悠远的意境。

孙建军第二次请吴眉吃饭是在一家雅静的餐厅。两人都没带人。餐厅一侧，摆放了一架钢琴，还有一架古筝。吃饭时，陆续有人去摆弄几番，即刻，阵阵悦耳之音，在大厅缭绕。

一旁的餐厅服务员说，这家餐厅的大老板，年轻时曾从事音乐教育，会好几样乐器，尤其擅长钢琴和古筝。老板难得来，只见过一次，去年元旦，餐厅里来了一位重要客人，是老板年轻时的朋友。为了表示欢迎，她弹起了几十年没摸的乐器。她弹琴的样子真美，她年轻时一定是位绝色美女。男性服务员的语气中，充满了钦佩和爱慕。服务员对孙建军和吴眉说："您二位若有兴趣，也去献上一曲。我们餐厅里的乐器，就是为客人而设的。"

孙建军看了看吴眉，言外之意我是不会，你去献上一曲助助兴。吴眉笑了笑，边站起身边说："那我就去献丑了。"她穿过大厅，在古筝前的椅子上坐下，凝神片刻，十指纤纤，在琴弦上轻轻拨动。她弹的是《高山流水》，我国古代十大名曲之一。

传说伯牙鼓琴，其友钟子期听之。"方鼓琴而志在太（泰）山，钟子期曰：'善哉乎鼓琴，巍巍乎若太山。'少选之间而志在流水，钟子期又曰：'善哉乎鼓琴，汤汤乎若流水。'钟子期死，伯牙破琴绝弦，终身不复鼓琴，以为世无足复为鼓琴者。"后用"高山流水"比喻知音或知己。

筝声悠扬，旋律时隐时现。犹见高山之巅，云雾缭绕，飘忽不定。清澈的泛音，活泼的节奏，犹如淙淙铮铮，幽间之寒流；清清冷冷，松根之细流。屏息静听，愉悦之情油然而生。

孙建军听得如痴如醉，恍惚间，面前弹筝的吴眉，化身成了下凡到人间来寻觅知音的仙子，伴同余音缭绕的筝声，显得尤为优雅、神秘，宁静而美好。

一曲完毕，吴眉站起来，脸上泛起红晕，说："抱歉，献丑了。"

尽管她是一名语文教师，从教数十年，面对学生，面对听她课的同行，以及其他场合，比如学校举办的朗诵比赛等，早练就了不慌不忙、从容不迫、淡定自若的气韵，但这次不一样，这次她弹的是古筝。她从没在公开场合弹过古筝，又是面对素不相识的各路吃客，或许，其中还有深藏不露的音乐名家。

弹奏时，因身心融入其中，早已是忘我的境地。一曲终了，餐厅内却是鸦雀无声，她一阵慌乱，逃也似的回到座位。但随之，周围响起了雷鸣般的掌声，原来，吃饭的客人也被她弹奏的乐曲醉倒了，沉浸其中，忘了向弹奏者表示谢意。

有一位女客人，举着一束怒放的红玫瑰，款款朝她走来。花是塑料的，但像真的一样，花瓣上还有晶莹的露珠，是餐厅方放置在桌上的花。她借花献佛来了，献给弹奏美妙筝曲的吴眉。女客人说："你弹得太好了。我想邀请你到我的小店弹曲。这是我的名片。如果你愿意，打我名片上的电话。"

吴眉接过名片，谦虚地说："谢谢！谢谢您的夸奖！谢谢您的美意！"她想，自己一把年纪了，怎么可能去店里卖艺？再者，她哪有那么多的时间？当然，她没有回绝，人家是看得起自己，是一番好意。人生就是充满了各种可能性，此时不想，不表示日后不想。

在和吴眉的聊天互动中，孙建军得知她会弹会唱。他也是第一次听她弹，他和其他听客是一样的感受，她弹得太好了，太美妙了。他不会乐器，但他会吹口哨，苏联名曲《小路》是他最拿手也最喜欢的曲子。

情致高昂时，在空旷的乡间，或在烟波浩渺的湖畔，他放空心中的杂念，轻轻闭上眼睛，然后运丹田之气，吹奏一曲《小路》，他的身心，便会同天籁的哨音，融进大自然的山山水水，如香汤沐浴、似甘露灌顶，澄澈、轻扬，让心的忧烦纾解。

以后，两人可以琴哨合奏，一个弹琴，一个吹哨，也别有一番情致呢。共同的音乐爱好，让孙建军对吴眉产生了不一样的感情。不只是音乐，吴眉还坚持运动，她不定期地游泳，练瑜伽，打羽毛球。因此，她的身材并没有随着年龄的增长而变得像大多数和她年纪相仿的女人那样圆润，就像孙建军的妻子王兰及劝慰王兰的那位邻居。

孙建军也喜欢运动。他打羽毛球，打得还不错。他建了一个羽毛球微信群，把有相同爱好的同事、朋友邀请了进来，成员有二十多位。得知吴眉也喜欢打羽毛球，就把她也邀请进了群。吴眉去打过几回，和孙建军搭档，组成混双，两人配合默契，把对手打得落花流水。

他们聊音乐，聊羽毛球，聊国事、天下事，有聊不完的话题，不仅线上聊，还线下聊。孙建军约吴眉吃饭、打球，而且是单独约。他们越聊越投机，越聊越懂彼此。他们是知己，他是她的蓝颜知己，她是他的红颜知己。这点，毋庸置疑，他们是承认的。但他们只是聊，没有其他的，没说过暧昧的话，没有肢体接触，连手也没拉过。两人小心翼翼，不触碰道德的底线，毕竟，都是有家室的人。这样的光景，持续了有一年。

孙建军爱上了吴眉。他从没想过这把年纪的他，还有如此感觉，那是少男少女热恋的感觉。虽然他从没体会过热恋，但他暗恋过。

高一时，他喜欢上了一个女生，女生不仅漂亮，成绩还好，是班里的语文课代表。而他，貌不惊人，成绩也不怎么样。她像是熠熠发光的女神，他则是一只癞蛤蟆。她从没和他说过一句话。他很想，很想和她说上几句，但他不敢，他很自卑，他只能默默关注她。她的一言一行，她的举手投足，都刻在了他心里。夜深人静，他躺在床上辗转反侧，望着窗外的一弯新月，刻在心里的她，像夜空中的明月，冉冉升起，他回味，咀嚼，体内的荷尔蒙，带着青春、嚣张的激情，烧得他全身滚烫。那想念的滋味，又酸又甜，还有一些苦涩，却是那么动人。

他把暗恋化为了学习动力，他要用优异的成绩，引起她的关注，或者爱慕。他做到了，到高二下学期，一年的时间，他的成绩，挤进了年级前十。只是可惜，他心中的女神，爱慕上了别人。他的一段青涩暗恋，就此结束，但女生的影子，却怎么也挥不去。

时隔三十年，吴眉住进了他心里，他又品尝到了那撩人却又折磨人的爱的滋味。他像回到了年少时期，精力充沛，神采奕奕。他感激上苍，感激让他认识吴眉的那位同事，更感激吴眉，由于她的出现，他的心里，种下了爱的种子。

张勇说："你陷进去了。"他对他俩的事情，一清二楚。其间，他和他俩吃过几次饭，他做的东，他也带了一个女人。

孙建军说："不是你想的那样，我们是纯洁的。"

张勇哈哈大笑，眼里闪现出一丝狡黠，调侃道："什么纯洁？精神还是肉体？我看你能熬多久。不过，有一点要提醒你，不能来真的，来真的，你就完了。"

孙建军也笑了笑，说："放心，我会把握好的。"心里在想，你不当真，隔三岔五换女人，把感情当什么了？是游戏还是交易？在遇见吴眉之前，他曾指责过他放纵感情的行为。但谁又能想到，他也出轨了呢？尽管迄今为止，只是精神出轨。

有人说，精神上的背叛，远比身体背叛更可怕。那么，双重背叛呢？

张勇是过来人，他说对了，孙建军熬了一年，没能再熬下去。那次，孙建军约吴眉吃饭，两人都喝了点酒，在酒精的作用下，他没控制住，在他的车里，代驾还没到来时，他强要了她。

当时，她挣扎了几下，随之，放弃了挣扎，任由他的吻，像雨滴似的落在她额头、鼻子、耳垂、双唇。他的双手也没闲着，在她身上上下抚摸。吴眉僵硬的身子，在孙建军的爱抚下，渐渐瘫软了下来。

两人的身体，紧密地黏合在一起。

她伏在他怀里，像一只受伤的小鸟，嘤嘤地哭，边流眼泪边说："我把我身心交给你了，你不能负我。我是认真的。"

孙建军紧紧拥抱靠在怀里的吴眉，说："傻瓜，我爱你还来不及呢，怎么会负你？你是我的女人，我要和你白头到老。"他说的这话可信吗？至少当时，在吴眉听来，她是相信的，相信他说的话，相信他们之间的感情。一起白头到老，多么浪漫，又多么令人向往啊。

突破了道德底线的两人，有了第一次，就有第二次、第三次……后来，便一发不可收拾了。

孙建军说："你是一颗药，让我上瘾的药，不然，我怎么对你这么迷恋呢？！"有时还说："和你在一起，我变得年轻了，我好像有使不完的力气。谢谢你小眉，让我在知天命的年纪，还能品尝到热恋的滋味。我爱你。我离不开你。"

吴眉依偎在他怀中，闻着他身上的气味，她喜欢他身上的味道，这是一股独特的、让吴眉意乱情迷的气味。或许，就是因为他身上的气味，她才张开禁锢多年的身躯，娇羞地、怯怯地、热烈地接纳他。

有人说，爱情是气味相投。因为相互喜欢对方身体发出的气味，便有了相爱之心。从这个意义上说，爱情与气味有关。人类学家海伦·费雪专门对"气味相投"进行了研究，她说："如果你不喜欢某人的气味，你自然会拒绝他。然而你一旦喜欢了某人的气味，就爱上了他。"

吴眉极其认同这个观点，除了他，她排斥其他男性身上的气味，甚至厌恶。包括她的另一半。

孙建军至今不明白，为什么相处得好好的，吴眉却突然提出了分手，而且态度坚决，没有一丝回旋余地。他又是发信息，又是打电话，问为什么分手，问他到底做错什么了，并提出要见她。她不解释，并且躲着不见他。

他到学校找她，当然，他不会擅自闯进学校，更不可能闯入她的办公室。他守在学校门口，像候在门口接孩子的那些学生家长，淹没在乌泱泱的人群中。

直到最后一位学生被家长接走，学校的电动伸缩门合上，也没见到她的身影。

他还到茶室，她弹古筝的茶馆。筝声依旧在，依旧那样动听、悦耳。低沉时，似细雨打芭蕉，如泣如诉，悲悲戚戚；激昂时，如高山流水，叮叮咚咚，飞流直下。

筝声还是那筝声，弹筝的人，却不是那人了。

孙建军非常恼火，这算怎么回事？就是给他判了死刑，也要让他死个明白啊。

三

那一天，是周日，吴眉的同学薛冰清约她去湖畔公园踏青。

湖畔公园离市区不远，大概十公里路程。正是人间最美四月天，公园景色迷人，一片繁华。栽种的各色花草，花儿烂漫，芳草鲜美，杨柳依依。一阵微风吹过，落英缤纷，像仙女散花，又似蝴蝶飞舞。风轻拂水面，吹皱湖水，在春光的照耀下，湖面波光粼粼，像闪动的金片，发出金色的光芒。蓝蓝的天空，飘着朵朵白云，空气中处处飘溢着百花的清香。

到公园游玩的人不少，大部分都是拖家带口，三三两两一行。辛劳一周的人们，趁着大好春光，出门踏青散心。因公园免费对外开放，且里面还有儿童游乐场，以及规模不一、品种繁多的美食店，更是吸引了城里城外的各年龄段游人踏足游玩。

吴眉时不时也会去，儿子没出国时，母子两人会趁难得的闲暇时光，到湖畔公园散散心，呼吸一下新鲜空气。去年，儿子去了美国一所大学求学，她的空余时间一下子十分富足。闲暇时间多了，难免会生出一丝闲愁。

闲愁是空闲或者无聊的时候产生的一种愁绪、一种忧伤、一种惆怅。吴眉陷入低落的情绪后，往往不能自拔，想远在他国的儿子，想如一潭死水的婚姻生活，想她和孙建军的感情该何去何从，还有其他冒出来的丝丝愁绪，整个人笼罩在一片愁绪的阴影之中。和她关系亲近的友人关心地问："最近发生什么事了？"

吴眉说："想儿子了。"

确实，很想很想，儿子自生下来，从没离开过她。她的生活重心，除了课堂教学，其余的精力都花在了儿子身上。一晃二十年，儿子带着他的理想，离开她、离开家，去开创属于自己的人生之路。吴眉欣慰、骄傲、如释重负之余，却有一种从未有过的失落和忧伤，她好像一下子失去了前进的动力，她浓烈的爱和一腔热情，找不到安放之处了。

有时，一到周末，她就靠在沙发上，胡思乱想，天马行空地想，想到忧伤处，落几滴眼泪，也不洗漱、不做饭、不出门。饿了喝牛奶、吃饼干。这样的境况，持续了两个多月。

那段时间，孙建军有空，就约吴眉到郊外僻静处散心。一次，两人缠绵之后，孙建军对怀里的吴眉说："你得让你的业余时间充实起来，打球、旅行，还有弹琴。对了，一年前，我们在一家餐厅吃饭，你弹了一曲

《高山流水》，后来，有位女士邀请你到她店里弹琴，给你的名片还在吗？你回去找找，你的古筝弹得那么好，不弹给人听，真是可惜了。"

吴眉听从了孙建军的建议，回家就找。在电脑桌的抽屉一角，一个四方形的塑料盒里，存放了厚厚的一沓名片，这是她工作以来收集的所有名片，她都没扔，至于原因，完全是出于对别人的一种尊重。

随着社会进步、消费者消费观念转变，纸质名片的弊端逐渐暴露，实用性、性价比逐渐降低。因为名片上提供的信息，比如联系方式、职位都是静态的，如果一旦有职位变更，之前的名片几乎可以作废了，那发出去的名片，还有什么意义呢？

尤其进入了互联网时代，人工智能名片、微信名片应运而生，纸质名片几乎要绝迹了。当然，也有一小部分商业人士还在沿用，这些人，或许是出于习惯，或许是偏爱，又或许认为给纸质名片更能显示对别人的尊重吧。

吴眉按照名片上的电话打了过去，没多时，电话通了，她抢先一步自报家门，说："任总，您好！我是上次弹古筝的吴眉，您还记得吗？很抱歉，这么长时间才给您答复。您还需要我吗？"

电话那头的任总，沉默了片刻，好像在搜索过往的记忆片段，大约过了五六秒，她说话了："想起来了，你弹奏的那一曲《高山流水》，我还有印象，弹得不错。稍等，我问一下门店的小马，看还需不需要古筝手。"

说完，电话便挂断了。不多时，任总的电话打回来了，给吴眉带来了好消息。任总说："你记一下马经理电话，你直接找他，他会安排的。"自此，吴眉一周三次，一次三小时，晚上 8 点至 11 点，到"若隐"茶室献艺抚筝，和另一名古筝手轮番上阵。

茶室名"若隐"，其中的"若"，取自任总的芳名，任总有个诗意的，极其女性化的名字，叫芷若。估计给她取名的父母，是个金庸小说迷，金庸小说《倚天屠龙记》里有位女性人物叫周芷若，是峨眉派弟子、峨眉派第四代掌门人。金庸先生书中描写道：她出尘如仙，武学天资卓绝，秀若芝兰，温婉斯文，清逸如仙，冰雪出尘之姿中带有威严仪态，气震数千豪杰。

任总芳名如其人，也应了她父母的期望，就像小说中描写的周芷若，冰雪出尘之姿中带有威严仪态，气震数千豪杰，巾帼不让须眉。

吴眉渐渐适应了儿子不在身边的生活状态。她白天教书，晚上在茶室献艺，有时还和孙建军搭档打球。充实的她，重新焕发了对生活的热情，她的一腔感情，也全部安放到了孙建军身上。

在她心里，早把他当成是自己的男人了，从在车上发生第一次亲密行为的那一刻起，她就认为自己是他的女人了。她爱他，爱他就要为他着想，她愿意成为他背后的女人。但她从没和他说过她内心的感受，她用她的身体表明了一切。

好景不长，就在她和薛冰清游玩湖畔公园的那一刻，她为自己编织的美丽的梦，被无情地打碎了。

薛冰清性格开朗、外向，是个直性子，什么话都和吴眉说，包括夫妻之事。当然，她是了解吴眉的为人，才口无遮拦，荤的，素的，一股脑儿地说。吴眉也确实是个很好的听众，或点头，或附和，或宽慰。

或许性格所致，吴眉很少谈及她和她家里的事，不管是开心的，还是悲伤的，她都藏在心里，独自品尝。她虽然很少讲，但作为她最要好的闺密，薛冰清在循循善诱、旁敲侧击和天马行空的闲聊中，多少也了解了一些。她和她爱人的关系不怎么样，至于不怎么样到什么程度，就不是很清楚了。她不讲，肯定有她不讲的苦衷和缘由，薛冰清也不好过多地打听或追问。唉，家家都有一本难念的经。

薛冰清膝下也是一位公子，去年大专毕业，寻了一份在台企的工作，对工作很上心，觉得做个上班族挺好，简单，安逸。薛冰清也这样认为，反正现在的日子什么都不缺，她早给儿子备好了婚房，还有存款。儿子谈了一个女朋友，是他同班的同学，两人虽年轻，但不是谈着玩，是奔着结婚去的。双方家长也见了面。薛冰清对未来的儿媳说不上满意，也说不上不满意；只要儿子喜欢，就随了他。婚期定在国庆假日的第四天。她说，到结婚的前几天，叫上吴眉，和她一起操持婚礼。

吴眉听了甚为高兴，第一时间表示了祝贺，并开玩笑地说，这么年轻就当婆婆了，婚礼上，可不要抢了新娘子的风头哦。

网络上曾经流传过婆婆抢新娘子风头的报道。热点图片上的婆婆，很年轻，五官精致，身材也好，穿得又得体，一身大红长袖连衣裙，把凹凸有致的身材，勾勒得一览无余，碾压了一袭白色婚纱的新娘子，成了婚礼现场宾客眼中的焦点。不知道哪位好事宾客，把婚礼的某个片段，发到了网络上，一时之间，婆婆成了网红。

薛冰清笑着说："你不要笑话我了，我倒是有那个心，可没那姿容。我现在的身材，像是吹了气的气球，膨胀得没边了。我没你有恒心和毅力，管不住嘴啊。管不住就不管了，随它去吧。"说完，又想起什么似的，接着说："到时在婚礼上，你表演个节目，来个古筝独奏。"

"行，一定不负使命，我选一首喜庆的曲子。"她答应得爽快，闺密的孩子结婚，自应不遗余力。出力、出钱及献上技艺，以示她最诚挚的祝贺。

两人闻着花香，迎着微风，说说笑笑，漫步在湖畔堤岸。乏了，就在湖边的太湖石歇息片刻。薛冰清是个吃货，外出游玩也不忘带吃的，她从背包里拿出榴梿干、话梅、鸭胗，和吴眉分享。

吴眉吃得少，象征性地吃了点，不吃，薛冰清要动气的。吴眉一边吃，一边望着清澈的湖水，竟然出了神。春风扬起，湖面上卷起轻浪，一波接着一波，拍打着湖岸，溅起的水花，扑面而来，凉凉的，把她的思绪又拉回到了现实。

薛冰清的嘴巴没闲着，眼睛更没闲着，她四处张望，浏览四周的春景及各色姿态的来往游人，还不忘调侃几句。按她自己所说，眼睛老花了，看近的不行，但看远的清楚。

这时，她又指着远处的几个人影，并用右胳膊肘碰了碰发呆的吴眉，说："你看那儿，那谁？前年，和我们一起吃过饭的。叫什么？嗐，记不起来了，让我想想。"停顿了一会儿，她用手敲了敲脑袋，估计拍脑袋很管用，她想起来了，有些兴奋地接着说："孙建军，对，叫孙建军，他的同学叫张勇。当时我还和你说，孙建军看你的眼神不对，好像喜欢你。你还叫我不要乱说，你说大家都是有家有室的人，误会了，传出去不好。你们后来还有联系吗？"

吴眉视力不太好，两年前在医院眼科检查，右眼视力 0.5，左眼视力 0.4，散光 100 度。配了眼镜，戴了，又取下了，说头晕，眼镜店的店员说刚开始戴都有点不适应，一般一周左右就适应了。她没坚持到一周，只戴了三天，从此，那副近视眼镜一直被搁在床头柜的抽屉里。不坚持戴的原因，倒不是为了面部美观，主要是她的视力，还没到要靠眼镜强撑的地步。两年过去了，估计她的视力又降低了。

薛冰清说看见孙建军了，吴眉心中一动，顺着她手指的方向，向远处看。她虽然眼睛近视，有些看不真切，只能看到朦胧的身影，但她认出来了，是孙建军，没错，是他。是那个她熟悉的身影，让她刻骨铭心的身影，烧成灰她也能认得的身影，她心心念念惦记的身影。

他也来湖畔公园了，真是太好了，她要给他个惊喜，走到他前面，对他淡淡一笑，然后轻轻地说一句："你也来了。"就像张爱玲写过的一段经典："于千万人之中，遇见你所要遇见的人，于千万年之中，时间的无涯的荒野里，没有早一步，也没有晚一步，刚巧赶上了，那也没有别的话可说，唯有轻轻地问一声：'噢，你也在这里吗？'"

"看见了吗？"薛冰清问，见吴眉没吭声，以为她没看见，便又追问了一句。

"看见了。"吴眉说。

"是他吗？"薛冰清要确认一下。虽然她对自己认人的能力一向自信，只要见过一面，不管过去多久，她都能记起来，甚至穿的什么衣服，也会有印象。她不置疑自己认人的能力，但还是要确认一下，万一认错了呢？不是有那句话吗，不怕一万，就怕万一。

"是的。"吴眉回答。

"我们过去和他打个招呼吧。"薛冰清也有些兴奋，想想也是，湖畔公园尽管游人络绎不绝，但并不是都能邂逅到认识的人。

"他的身边有什么人？"吴眉的眼神移到了他身边，他身边有其他人，靠得很近的，能依稀分辨出是个女的，但看不真切，两人靠得很近，属于亲密距离范围。什么是亲密距离？社会学学科是这样解释的："是一个人与最亲近的人相处的距离，在 0 到 45 厘米之间。"

"他的家人吧。前面那一对老夫妻，估计是他岳父母，他身边那个女人，年纪感觉和我们差不多大，应该是他爱人。"

薛冰清的眼神真是好，距离这么远，还能辨别出一家人的关系。"那女人挽着他的胳膊。"她又补充了一句。

吴眉望着远处那朦胧的画面，那一家人是多么幸福和美满啊。她的心里，涌起一股酸楚，眼泪夺眶而出。他们才是真正的一家人，完满的一家人。

曾几何时，她依偎在他怀里，勾勒起两人的未来世界。她的食指，轻轻地在他的胸膛来回滑动，她的口，贴在他的耳边，牙齿咬着他的耳垂。她说："咱们去旅行吧，找一个安静的地方，就咱们俩。白天，咱们手拉着手，在安静的小路上漫步，一边说说话，一边看云卷云舒、看花花草草。"

"好啊，那咱们晚上做什么呢？"他说，脸上闪现一丝坏笑。

"你坏。"她在他胸口捶了一拳。她的这个动作，完全像一位涉入爱河的少女，和心爱男孩打趣时的动作。但她不是少女了，也不是少妇，而是即将步入知天命年纪的中年妇女了。当然，五十知天命，是古代人划分的。儒家鼻祖孔子曾曰："吾十有五而志于学，三十而立，四十而不惑，五十而知天命，六十而耳顺，七十而从心所欲，不逾矩。"

古时候的这一划分，是因为当时人的寿命普遍较短。随着社会经济、科技的进步，物质生活的极大丰富，人们开始重视各类养生之道，也因此，人类的寿命极大地延长了。

若按照网络上最新年龄划分的标准，青年人为 18 岁至 65 岁，中年人为 66 岁至 79 岁，老年人为 80 岁至 99 岁。那吴眉属于青年人，既然是青年人，她说的情话，做的动作，也就不违和了。

他握住了她捶拳的手，笑着说："好，你说我坏，那我就坏了。"说着，翻身把吴眉又压在了身下，一边动作，一边说："晚上，我们就这样，尽情地这样。要吗？"

吴眉的口里好像含了一颗奶油酥糖，从口甜酥到心，再波及全身，发出的声音，极其娇媚，还带一点气喘吁吁，说："我爱你，我们永远不分开。嗯，就这样。那我们什么时候去旅行？"

他喘息着从她身上下来，说："宝贝，咱们再睡会儿。"他累极了，每次两人一起，他都不会放过这难得的相聚，尽情施展他爱的技能，把积聚体内已久的能量，化作一团火焰，炽热地燃烧。

其实，吴眉不止一次说过，希望和他出去旅行，希望远离尘世，去一个谁也不认识的地方，待上几天，一两天也行。但她也只是说说，幻想一下而已。

他说："我也想啊，只是外出游玩，万一碰到熟悉的人，那咱俩的关系，就大白于天下了。你不担心？"

"我不怕。"她是认真的，认真地和他在一起，希望有朝一日，成为他的妻子。执子之手，白首相偕。

他抚摸着她的身躯，爱怜地说了两个字"傻瓜"，就打起了呼噜。

她也不追问，本就是说着玩玩的。她知道他心里是怎么想的，他不可能为了她，而不要他的那个家。有时，她觉得自己很傻，她图他什么呢？金钱、感情还是时间？

两年多的相处，他没陪她散过步，或者看过一场电影，也没送给她比如金银首饰，或者其他有意义、有价值象征爱的信物。他说他想她了，说想得很难受，就说一大堆让吴眉心软的话，说着说着，她感动了，她的感情，被激发得如同洪水一样汹涌。

两人像达成默契似的，从不谈论各自的家庭，包括他们的另一半。吴眉不谈论，只是不想说，不想揭开心中的隐痛，她的婚姻，早名存实亡了。

那他呢？

呈现在面前的，他和他的家人，其乐融融，一片祥和，多么相亲相爱的一幅温馨画面啊。

"你怎么啦？"薛冰清见吴眉半晌不说话，便收回投向远处的目光，转过头来，看了她一眼，她的眼眶中，充满了泪水，泪珠一颗颗往下掉落。薛冰清吓坏了，赶紧又问："怎么哭啦？刚才还好好的，到底出什么事了？"

吴眉拭了拭眼泪，对薛冰清说："没什么，突然想儿子了。咱们回家吧。"

薛冰清信以为真，安慰她说："别呀，出来就是散心的，你这个样子回家，我怎么放心啊？走，咱们吃东西去，美食可以驱走不愉快的情绪。"说完，她拉着吴眉往吃东西的方向走去。

湖畔一岸，临湖有一家甜品店，掩映在一片茂密的竹林之中。甜品店的店主是两位年轻的女性，两人是大学同学，毕业后一起创业，合开了这家甜品店。店里各色精致的甜品，皆出自两人之手。

甜品店进驻湖畔公园已有两年，因甜品独特的口味及造型，受到了广大年轻女士及小朋友的喜欢。吴眉和薛冰清不在年轻女性之列，但或许女性都喜欢甜食，只是一些原因，不敢多吃，比如怕胖，又比如担心吃多了，血糖升高。

吴眉就不敢多吃，几乎不吃，不吃的原因，就是上述两种。年轻时爱吃，但自进入四十岁以后，体重就像坐了火箭一样，噌噌噌地上涨。一年的时间内，原本两位数的体重，升到了三位数，而且还在不断突破。和她年龄相仿的几个女同事、女同学，也是一样的情况。

但也有例外，问其原因，都是节食和运动。还说，随着年龄增长，人的身体会收缩，但这种收缩，不是体围的收缩，而是新陈代谢的减慢。所以，人到中年要控制食量，增加锻炼，使身体热量"收支"平衡，减少脂肪堆积。

吴眉也是个自律的人。她节食和运动，坚持了近十年，并且将继续坚持下去。确实，刚开始几年，因吃得少，胃饿得很难受，晚上辗转反侧，难以入睡，做梦都在吃大餐。有时忙了半天，烧了好多菜，就象征性地吃一点，像蜻蜓点水那般。一旁吃饭的爱人和儿子，故意把吃饭的声音弄大，还说："好吃，太好吃了。吃吧，没事的，就算你像相扑运动员的身材，我们也不会嫌弃你的。"

她不仅吃得少，还戒了甜食。时间一长，父子二人受吴眉饮食的影响，也吃得少了。所以，一家三口的身材，都很苗条。

　　外出就餐，连饮料都不喝，只喝白开水或茶水，高脂肪、高胆固醇的不吃，只吃素菜。一起就餐的朋友，在佩服她毅力的同时，惋惜地说，人生苦短，何苦来着。自古有民以食为天的说法，说明吃多重要啊。像这样吃得少，吃得素，还这个不吃，那个也不吃，又天天锻炼折腾。唉，活着有什么劲啊！

　　薛冰清也是如此论调，想吃就吃，什么都吃，什么都不忌口，和胃较什么劲啊？可想而知，她的身材，是多么肥硕。每次体检，医学俗称的"三高"，她都会占两席。为此，她也很烦恼，她也曾像吴眉一样，坚持锻炼，控制饮食，只是没坚持下去。

　　试想，她一个吃货，要不吃这个，少吃那个，比要她的命还难受。后来，她就破罐子破摔，放任自己的胃了。说来也奇怪，再怎么吃，体重反而不增了，在高水平线上维持，估计是达到体重的极限了。

　　甜品，顾名思义就是甜味的食品。薛冰清点了两杯奶茶，还有几样甜度、口味不一的蛋糕。有榴梿味的、草莓味的、栗子味的，还有芝士味的。

　　这次，吴眉放任了她的胃，喝奶茶，吃蛋糕。真是好吃，这是十年来第一次吃甜食。果然，悲伤的情绪有所舒缓。两人喝奶茶、吃蛋糕，看窗外的湖面风光，不时说说话。

　　薛冰清说："我们奔五的人了，该放手的就放手。孩子大了，总有离开我们的一天。我家那位，虽说近在身边，但也不常见面，和他说几句吧，嫌我烦。我也懒得说。反正一句话，不和自己较劲，活得轻松自在一些。"

　　吴眉点了点头，没说话，她是认同的。或许是性格原因，至少目前，她是放不下的，放不下远在国外的儿子。她每天会在固定的时间，和儿子通电话，如果哪天固定的时间没联系上，她便会开始担心，她的那颗心就悬挂在半空，直到和儿子通上电话，悬挂在半空的心才应声落地。她放不下此刻在湖畔公园邂逅的他，他们才是一家人，相亲相爱的一家人。一丝悲伤的情绪，复涌上了心头。

就是这么巧，躲不了的温馨画面，又出现在两人的眼前。吴眉的心，彻底凉了。

甜品店的另一侧，是一家茶室，延伸出湖畔岸边，一半坐落在岸上，一半坐落于湖面上方。坐落于湖面上方的，搭成了敞开式的茶吧，每个遮阳伞下，摆放了一张桌子，几把椅子。在风轻云淡的春秋时节，露天的座位，尤其受人欢迎。

薛冰清眼尖，又看见他了，和她有过一饭之缘的孙建军。他和他的家人，就围坐在湖中露天茶室的遮阳伞下。因为距离较近，窗外的一切，尽收眼底，还有飘来的说话声。

"建军，兰兰，我和你爸一辈子过来了，说长很长，说短也短，一晃到了这把年纪。年轻时吃了很多苦，经历了很多事。我们也争吵过，甚至闹到要离婚的地步。唉，哪个家庭不是这样啊。但我和你爸熬过来了，熬出头了，看到你们和和美美地过日子，我们心里不知道有多高兴。我和你爸，不晓得什么时候就被阎王叫去了，答应我们，你们一定要好好的，我们走得也安心啊。"

"呸呸呸，妈，说什么话呢？你和爸身体健康着呢，你们要看到雯雯结婚，还要抱重孙，等着重孙长大。我和建军好着呢，我们会和你们一样，白头到老的。是吧建军？"

"是的，我们会白头到老的。放心吧，爸，妈。"

"好啊，好啊，如果真有那么一天，能看到雯雯结婚、生孩子，那真是太好了，我做梦都要笑出声了。老婆子，我们要挺住啊。"

"建军，这些年你受累了，这个家就靠你撑着，我和你爸都看在眼里。有你这样一个女婿，是我和你爸的福气啊。"

"说见外话了，养家糊口，照顾你们，是我的责任。"

"妈，你胳膊肘往外拐，什么这个家靠他撑着啊？照顾雯雯，干家务活，不都是我的事？我们这是内外有别，分工不同。"

……

"多和美的一家人啊。"薛冰清发出感慨的声音，她看了看吴眉，接着又说道，"当初，我还以为他对你有意思呢。"

此情此景此声，吴眉当然也看到了，听到了，她心如刀绞，就在半个月前，他们两人还在宾馆的床上，颠鸾倒凤，不知天地为何物。

他说："我们的身心，是多么契合，和你在一起，真是开心。小眉，你是我孙建军的女人。我们永远不分开。"

她说："嗯，你是我的男人，我们永远不分开。"

他不是她的男人，从来都不是，这只是她的一厢情愿。男人在床上说的话，不能当真，她当真了。

吴眉闭上眼睛，回想他们在一起的场景。回忆就像是被组合成一部无声电影一般，一遍一遍地在脑海里回放着，之后停下，电影散场。他们也该散场了。

她睁开眼，这次，她没流泪，心却在流血。她望了望窗外的风景，如过眼烟云。湖面上卷起的风，裹挟着清凉，忽悠悠，从窗外飘进，忽悠悠，又飘向了远方。

四

孙建军喝醉了，他很痛苦，因为吴眉和他分手了，他借酒浇愁，把自己浇醉了。一旁的张勇，劝都劝不住，劝他的同时，自己也陪喝了不少酒，当然，也只是陪喝，抿一点儿，装装样子。但就这抿一点儿，喝得也不少了。张勇能喝，酒量在孙建军之上。

崔老板很仗义，时间再晚，也不来催客人早点收场，有时，还会陪喝几杯，助助兴。他见孙建军喝醉了，不省人事，就问张勇，需要帮忙吗？此时已是凌晨1点，看来，孙建军今晚是回不了家了，不是今晚，是今朝了。张勇叫了代驾，歉意地告别崔老板，几乎是背着孙建军，背回了自己的家。

张勇一宿没睡，守在孙建军的床边。孙建军吐了一次，吐得床上都是，房间里充斥着难闻的酒味。张勇给他擦洗、漱口，又给他喝了醒酒汤，还换了房间，张勇住的是别墅，楼上楼下有好几间卧室。

直到凌晨5点，孙建军才安静下来，沉沉地睡去。其间，他喊了一个人的名字，张勇听清了，他喊的是吴眉，喊吴眉名字时，他眉头紧锁，很痛苦的样子。

张勇摇了摇头，心疼的同时，又不太理解他的一片痴情，为一个快五旬的女人，犯得着伤心、伤身吗？虽然不理解，但作为他的好哥们儿，张勇要为他做点事，促成他们和好。对付女人嘛，张勇有的是办法，只要他想。

张勇先给王兰打了个电话，说："嫂子，建军昨晚在我家里，我找他谈一些事，是我生意上的事，抱歉，抱歉，谈晚了，就留他住下了。没有别的事，你千万不要多想。"他不但有王兰电话、微信，连王兰父母、孙建军父母的电话，他也有。孙建军家的事，也就是他的事。想当初，他创办公司，若不是孙建军出钱、出力、出计策，哪有他现在的发达？那份恩情，至死不忘。

王兰怎么可能不多想？她想得很多很多。他一夜未归，难道单位出大事了？快下班时，他发信息给她，说要加班，估计很晚，还叫她不要等他。但再怎么晚，也不至于加一夜的班吧！

临睡前，11 点左右，他还没回家，她就发信息给他，问什么时候结束？等了半个多小时，不见回信息，打他电话，电话关机了。难道手机没电了？不会啊，随身带好充电宝的。她又打他办公室电话，无人接听，打了几次，还是没人接，这说明了一个问题，他没在单位。

他去哪儿了呢？谁收留了他？

王兰努力不让自己往那方面想，哪方面呢？他外面有女人了，一定是的，今晚没回家，坐实了他有婚外情。

之前，她就怀疑来着，一个精力还算旺盛的男人，不要女人了，他们两年多没夫妻之事了。前年，还分了房，他睡他的房间，她睡她的房间，而且，他很少进她的房间。有事商量，就在客厅，一桌吃饭时是最其乐融融的时刻，他是个话痨，一顿饭下来，说一大筐的话。

他们越来越像是住在同一屋檐下，一起搭伙的最熟悉的陌生人了。她暗示过，是不是他另有所属，但仅仅是暗示，没点明，没点破。她不想自讨没趣，更不想戳破那层窗户纸，戳破了，她和他，还能若无其事地相敬如宾吗？

但要说明的一点是，总的来说，孙建军算是个好丈夫，好父亲，好女婿。除了不尽那事，其他的，挑不出大的不是。他的工资卡、福利卡，悉数交给了王兰，自己每个月只留一千元生活费，正好是烟钱。有人情往来要随礼了，就问她要。

王兰身体不舒服了，去医院看病，他向公司告假，尽可能抽出时间，陪她一起上医院。她的父母病了，他也是忙前忙后，像亲儿子一样侍奉。她做什么事，花什么钱，他从不过问。有时，她和他说，她想做些什么事，他总是一句话，没事，你决定好了。

试想，不帅、没钱，家里还有老婆的男人，有哪个女人会和他在一起？而且，他不会不要这个家，这点，王兰非常肯定。他当着她和她父母的面，承诺他们要白头到老的。如果还有女人愿意和他一起，那只能说，这女人是个傻女人、笨女人了。

王兰虽然是家庭妇女，和外面的人接触不多，但现在是什么时代了？网络时代，信息化时代，想了解什么信息，网络上一搜，各种信息，精彩纷呈。

关于婚外情、婚内出轨，网上有一段话，是这样说的："大部分在婚内出轨的男人，并不是因为爱上了谁，只不过是为了满足身体的欲望而已。他们寻找婚外情，从一开始，就是对婚姻的补充，是对性新鲜感的寻求，而不是一定要结束自己的婚姻，也不是遇到了真正的爱情，更多还是性为主导的关系。还有一句话，他爱不爱你，就看他肯不肯为你花钱。"

有时，王兰这样想，只要财政大权掌握在自己手中，随他折腾吧，折腾够了、累了，他的心，迟早会回到这个家的，毕竟，他们有共同的女儿，这是维系情感、婚姻的纽带。她和他还要含饴弄孙、携手到老。

她在床上辗转反侧，思绪纷飞，直到凌晨，才迷迷糊糊睡去。但男人没回来，哪睡得踏实，不到 5 点，她就醒了，一醒来，就去孙建军房间，见床上依然空空，被褥平整，未有动过的痕迹。

王兰心头一酸，眼泪止不住地流下来，但还要装作什么也没发生，给女儿做可口的早饭。在做早饭时，她接到了张勇的电话。

男人和张勇是死党，张勇是什么样的人，王兰也是略知一二的，他身边的女人，像走马灯似的，一个接着一个换，他的话可信吗？但至少男人有了着落，至于他们之间的猫腻，就不去追究了。

王兰复杂的情绪，有所平复。她在电话里对张勇只说了一句话："好的，我知道了。"

张勇打完王兰电话，就和吴眉联系，他和她不熟，有关她的信息，都是孙建军告诉他的。一起吃过几次饭，他带了一个女的，孙建军带了她。在吃饭时，他们互留了电话，还加了微信。但从没互动过，连发在朋友圈的信息，彼此也不点赞。他感觉到了，吴眉对他换女人的行为，颇有看法，眼神中有鄙夷之色。

这次，为了孙建军，他唐突、冒昧、厚着脸皮，先发了一条信息，发信息，就像投石问路似的，看她的反应。

信息内容很直接，是这样的："昨晚建军喝醉了，他很痛苦，看得出来，他是爱你的。你们之间一定有什么误会。给我个面子，今晚我做东，诚邀吴小姐赏光，我把建军一起叫上，你们当面锣对锣鼓对鼓，把话讲清楚，把误会消除。希望相爱的人，彼此珍惜，不要留下遗憾。"

直等到夕阳西下，张勇也没收到吴眉的只言片语，他坐不住了，拨通了吴眉的电话。

早上，吴眉刚起床，就收到张勇发来的信息。她不是不看，她看了，看得还很仔细。他痛苦，能有她痛苦吗？

那天，吴眉从湖畔公园回来，就下了决心，要彻底与他一刀两断。当然，做这个决定，是不容易的。她在手机上编辑，每敲下一个字，她的心，就跟着痛一下，眼泪不由自主地流下面颊，模糊了视线。落下的字字句句，好似有千斤之重。

那一行行字，就定格在信息框内，敲字的手指，距离发送键仅 0.01毫米。按下去，就告别了，从此相忘于江湖，他走他的阳关道，她过她的独木桥。

她的手指，迟迟没有落下，蒙眬的视线，呆呆地对着信息框内的文字："我曾经以为你会是我的来日方长，但是突然之间，变成了大梦一场。感谢你两年多的陪伴，在一起的点点滴滴，我铭刻于心。江湖很远，余生还长，抱歉，我和你说再见了！请珍惜枕边人！祝彼此幸福！"

这是用心、用泪、用情编织的分手文字，像一把把尖刀，将她的身心四分五裂。她下不了手，按在发送键上的手指，缩了回来。她是爱他的。

挣扎了一个星期后，在一个深夜，窗外月光如水，万籁俱静，此刻，她的心，也如同静谧的夜，悠长而沉重，宁静而安详。她按下了发送键，信息以光的速度，发了出去。

接连几天，她不断收到孙建军的信息，还有电话。是的，他很不解，好好的，怎么要分手了？她不要他了，抛弃他了？这让他很恼火，也摸不着头脑。

发出去的信息，如泼出去的水，是不能收回来，也收不回来的。这是她痛下的决心。孙建军发来的信息、打来的电话，她一概不回、一概不接。张勇发来的信息，自然也不会有回音。

下班回家的途中，张勇打来了电话，吴眉没接，过了几秒之后，电话又来了。这次，她接了。没等张勇开口，她先发制人，说："我和他之间没有误会，我们结束了。谢谢您的关心。请您转告他，珍惜枕边人。"又没等张勇接话，她便挂了电话。

孙建军不是要真相嘛，那就给他，他发来的信息，无一不是在责怪她，责怪她任性、蛮横、无理取闹和莫名其妙。

吴眉翻开手机，点开和薛冰清以往的聊天记录，翻出那张令她无比伤心的照片。湖畔公园的露天茶室，一对老年夫妻和一对中年夫妻，手执着手，围坐在遮阳伞下，一缕金黄色的阳光，斜照在他们身上，如同一道幸福的光芒。

照片的背景，上面是蓝天白云，底下是清澈的湖水。画面温暖、和谐、唯美。

照片是薛冰清拍的，她喜欢拍照，随手拍，见到什么，拍什么。还喜欢和人分享，用时下流行的词讲，就是"晒"。这种个性的人，对生活充满了热情。吴眉的性格正好相反，她给人的感觉，有点冷，不熟悉的人，以为她难以相处。其实，她很暖，处处为他人着想，只是情感不外露罢了。

薛冰清从在湖畔公园抓拍的照片中，选出自认为非常满意的，对其进行了一番修饰和裁剪，分享到了她的朋友圈。即刻，引来了无数人的围观和点赞。她追求的就是这样的效果。

往常，只要是薛冰清发在朋友圈的信息，吴眉看到了，点赞的同时，还会留下只言片语，表示关注或认可。只是这次，她发在朋友圈的照片，点赞的头像中，少了吴眉的。

吴眉没看见吗？是在责怪自己吗？因为，在她发布的照片中，有吴眉的身影，未经允许，擅自把有吴眉身影的照片，发在自己的朋友圈，这叫侵犯他人的肖像权。

等了一晚上，薛冰清依然没看到吴眉点赞的头像，她真的生气了？一早，薛冰清把发在朋友圈的照片，一张接一张，微信私发给了吴眉。然后问："拍得怎么样？昨天发在朋友圈了，不会怪我吧？我可是把你的形象，处理得无比美啊。"

昨晚的吴眉，伤心了一晚，虽然已经铁了心分手，但真的要下决心，她又犹豫了。而薛冰清发来的照片，如雪上加霜，原本一颗冰冷的心，被冻得坚硬如铁。

薛冰清的照片拍得真是好，每一张都各有特点，每一张都很传神，照片一旦有了神，就好似有了灵魂，那照片就不是照片了，它是活生生的、有生命的、灵动的事物了，而不仅仅是景致的一抹掠影。

吴眉边看边赞叹，在看到其中一张时，不由得又悲从心头起，昨天湖畔公园看到的"温馨"一幕，又跃入了眼帘。薛冰清不知什么时候，把那温馨的画面，也抓拍到了手机之中。而且，还发给她欣赏，这不是给她胸口添堵，往她伤口上撒盐嘛。

当然，这不能怪薛冰清，她又不知道她和他的那些事儿。怪他吗？既然家庭幸福美满，为何还来招惹她。悲愤之余，觉得也不能怪他，要怪，就怪自己。吴眉就是这样的人，总是先检讨自己，男女之间的事，又不是能强迫来的，讲个你情我愿，周瑜打黄盖，一个愿打一个愿挨。

那么，自己种下的苦果，含着泪，忍着痛，也要吞下去。

薛冰清一早发来照片，是来领赏的，领好友的肯定和赞美。吴眉为了不让她扫兴，回了几个字："拍得很好，大师的手法。把我美化了。"

照片躺在她和薛冰清的聊天记录中，还没来得及删除。吴眉找出那张照片，给张勇发了过去，并附了一条信息，她说："替我转告他，珍惜家庭，珍惜身边人。"

张勇看到照片，沉默了半晌，尽管他知道孙建军和王兰之间，只存在亲情了，但就是那份亲情，要比所谓的婚外"爱情"、更稳定和坚固。

就像他自己，外面的女人一个接一个换，但家中的结发妻子，不能换，也不会换。这是男人的本性，贪婪和自私。所以，他只是玩，而不动情。和他在一起的女人，知他的脾性，只谈钱，不谈情。

吴眉谈的是情，一份纯粹的情。她很天真，很纯粹，只是可惜了，有家庭的男人，不都是她想的那样。

孙建军看到照片后，也半晌无语，他想解释，解释这是她看到的表面现象，他和妻子早已貌合神离了，他内心真正爱的是她，除了婚姻，其他的，他都能给她。

其他的，是什么呢？什么也给不了她，唯有他的一颗心。多么苍白无力的解释，连他自己都说服不了。

他最后发了一条信息给吴眉，他说："抱歉，我辜负了你的爱。我唯一请求，不要删除我们之间的联系方式。"

就此，一转身，成了彼此生命中的过客，携着各自的愁绪，在尘世里踽踽独行。就此，两人再无交集，躺在彼此的通讯录里，成为众多潜伏的"微友"之一。

吴眉像是消失了一样，朋友圈再无她的动态。和孙建军分手一个月后，正好是暑假，她去了民政部门，经过几道程序，办好了离婚手续。

在美国求学一年多的儿子，对父母离婚一事，没发表任何意见，只是说，我已是成年人了，不要考虑我的感受，我尊重你们的决定。我唯一的希望，就是你们开心、幸福。

孙雯考上了一所不错的大学，大学就在省城，离家不算远，坐高铁两小时就到。入学报到那天，孙建军和王兰要开车送，但孙雯坚持自己坐高铁去。她说，这是值得纪念的日子，从这天开始，我要独立完成每一件事。放心吧，我长大了。

孙建军对女儿的想法，很是赞赏，想当初他大学报到的日子，好像还在眼前，从没出过远门的他，只到过县城，连市里都没去过。还不是一个人，坐着绿皮火车，整整三天三夜，才到了离家几千里的学校。

孩子总有一天要单飞，独立去面对生活，放手也是一种爱。

王兰不这么想，她和大部分的妈妈一样，想到孩子要离开家，离开她，眼圈都红了。虽然省城很近，想女儿了，买张火车票，如果上午出发，两个小时，中午就能到，还能赶得上和女儿一起吃中饭。但远水总解不了近渴，毕竟还要坐火车，赶来赶去，也不方便。再说，又不能一直陪在身边。

而且，她看到朋友圈，有几个已去学校报到的家长和孩子，在学校拍了照片，在朋友圈上晒呢。她也要去女儿的学校，她没读过大学，现在正好到女儿的学校感受一下，以弥补她的遗憾，也是好的。然后，在学校标志性建筑物前，也来个全家合影，再发在朋友圈上晒。想想多美啊。

但女儿又说了，这次就成全她，让她自个儿报到吧，以后，妈妈想什么时候来，就什么时候来，想在学校住几天，就住几天，而且，她全程陪同，走遍学校的角角落落。

王兰拗不过女儿的坚定立场，就折中了一下，送女儿到高铁站。孙雯也同意了。在高铁站挥手分别的那一刻，孙雯回过头来和老爸耳语了几句，她说："我外出读书了，家里就剩你和妈妈了，我担心妈妈会不适应。给妈妈找个工作，有事做了，就不会过多想我了。"

女儿的懂事，让孙建军倍感欣慰，他抚摸了一下女儿的秀发，笑吟吟地说："女儿关照的，我一定遵从！"

其实，他早和张勇讲好了，等孙雯上大学，让王兰到张勇公司上班。张勇自然一口答应，不要说去上班了，就是待在家里，他也乐意付她工资，只是孙建军坚决不肯。还说，你要给她活儿干，还要忙一点的活儿，一个人忙了，充实了，就没有多余时间想别的了。

也不会来烦他了。这是他隐藏的一点私心。更年期的女人，如果烦起来，那真是没完没了的。

孙建军也比以前更忙碌了，主动要求多加班、多出差，当然，他不是冲着加班费和出差补贴。他是要用忙碌，来冲淡杂念。工作忙了，就没有时间想其他的了。只是人总有清静或者闲暇时光，或者失眠之际，缠绕在心头的那份情丝，像幽灵般，时不时冒了出来。

他无数次翻开手机，点开她的头像，都想轻轻地问一声："你在干吗？"

幻海

一

2012 年 3 月 31 日，愚人节的前一天，上午 10:00

北京

一位网名叫坐看云起的青年男子，神情看上去有些沮丧，还有些落寞。突然，心血来潮，向浩瀚无边波涛汹涌的"大海"里扔了一个"瓶子"，这是网络上曾一度被他认为很弱智的漂流瓶游戏。瓶子里有他的一句话："你知道我是谁吗？"

苏州

她刚刚结束了手里一大堆事务，趁着空当儿，随手从蔚蓝色的茫茫大海中捞上了一个瓶子。她，网名叫子曰。打开瓶子，她看到了一句话："你知道我是谁吗？"

"子曰"觉得这话无趣，也无聊，管你是谁，也无意知道，网络的真真假假，虚虚实实，谁知道哪句是真，哪句又是假。于是，象征性地展示了一个礼节性的微笑，这是她平时一贯保持的形象，见面三分笑。

等待中的"坐看云起"，一边无聊地浏览网页，一边猜想，茫茫大海一岸，会有哪个渔夫捡到他扔在大海里的瓶子，并第一时间回应他的信息？

出神中，一张笑脸展现在他的面前。

"坐看云起"赶忙接茬，说："好亲切的微笑。"

"子曰"没说话，又从大海中捞起一个瓶子，瓶子里写着："这几天失眠，有什么好的办法？""子曰"想了想，回复了三条建议：1. 加强运动；2. 不喝兴奋性的茶或咖啡；3. 睡前热水浴。

这三点建议，可不是敷衍，也不是乱说，是专业的、科学的建议。不信，网络上一搜，网页上显示排在前三位的，就是这三点。

"坐看云起"见对方没回应，皱了一下眉头，追发了一条信息，说："怎么不说话，起码寒暄几句吧？"

"子曰"笑了笑，回了一句："那，请寒暄吧。"

"坐看云起"的脸上堆起了狡黠的笑意，手指在键盘上飞快地敲击，弹出了如下信息："北京大学保安，对来访者都会问三个纠结的哲学问题。1. 你从哪里来？2. 你到哪里去？3. 你是谁？求答案。"

本无意搭讪的"子曰"，见对方借用北京大学保安之口，来打探她的一些信息，却不直截了当发问，感到此人有点意思，于是，想了想，键盘上弹出几句诗："去也终须去，住也如何住。若得山花插满头，莫问奴归处。"

当然，这不是她作的诗，也是借用来的，她哪有如此好的才情。

这是宋朝女词人严蕊的一首词，词名是《卜算子·不是爱风尘》。

"坐看云起"读过，完整的一首词是："不是爱风尘，似被前缘误。花落花开自有时，总赖东君主。去也终须去，住也如何住。若得山花插满头，莫问奴归处。"

他心想，对方有些才情，竟然借词回答他的探问，顿时兴奋起来，马上接招，顺势说："是，漂流瓶本来就是和陌生人说话。今天刚开始玩。你苏州的吧，是不是春暖花开了？我这边北京，天气还有点冷。"

"子曰"看了看窗外，窗外的几株海棠花，正开得鲜艳夺目，一阵轻风吹过，花瓣纷纷扬扬落下，像仙女散花。湛蓝的天空，偶尔几朵白云飘过。正是最美人间四月天，阳光草木芳菲绿。

"嗯，春天的气息扑面而来，云淡风轻，春风和煦。"

"春天最好的时光，我们关心的东西有交集吗？"

"子曰"没理会对方话中的含义，回了这样一条信息："春光美好。我出去一下，到大自然呼吸春天的气息。"

"坐看云起"也蛮识趣，礼貌地结束了话语，说："好，有时间再聊，不知道我们能否有共同的话题？"

中午

北京的三月还有些寒冷，带着细沙的风吹在脸上如锉刀。"坐看云起"和同事一起在公司的食堂里用了午餐，因为去时只穿了一件单衣，回来的路上连续打了几个喷嚏，好在办公室有暖气，一会儿身上就暖和了许多。又到公司的开水间，冲了一杯咖啡，咖啡的清香，让稍许疲惫的"坐看云起"又焕发了精神。

他打开手机，点击保存的漂流瓶，上午和苏州"子曰"的聊天，还余兴未尽。

三月末的苏州，正是群花烂漫，空气中处处洋溢着不知名的清香，沁人心脾，使人心旌荡漾，有说不出的舒畅。

"子曰"的午餐很简单，在就近的一家面馆，点了一份面，苏式汤面，浇头是熏鱼。每次吃面，她只点熏鱼面，因为她喜欢吃鱼，喜欢熏鱼的独特滋味，那也是苏州人的口味。"子曰"吃得热火朝天，连汤带面，吃了个精光。

正值中午，室外的温度蹿得很高，逼近了20℃。"子曰"吃完面，一路小跑，回到单位时，只感到额头的皮肤，有细汗沁出。赶忙打开办公室的窗，凉爽的春风，带着海棠花的清香，吹拂在脸上，思绪就像春风，一阵飞扬。

她倒了一杯水，放了一小撮茶叶，透过玻璃杯，茶水清澈，透亮，绿汪汪。为了控制体重，她拒绝一切含糖饮料，包括曾经最喜欢喝的珍珠奶茶。

喝白开水，又觉得淡而无味，就放几片茶叶，使水不至于无味。久而久之，便喜欢上了喝茶。从开始的几片茶叶，到如今的一小撮。同事戏谑她为老茶客。

"坐看云起"打了几个字："有QQ吗？"这又是在试探性地发问。尽管，上午借用北京大学保安之口吻的三个问题，一个也没得到答案。

这次，"子曰"回复的速度很快，啪啪敲出了一句话："有，但不外泄，因为我的QQ，不加陌生人。"

回答得干脆，爽气。这是实话，"子曰"从不轻易把自己的QQ号泄露给陌生人、不熟悉的人及关系一般般的人。

"坐看云起"一点也不介意对方的一口回绝，反而有点庆幸，他搭讪的人，是个矜持的女孩。虽然对方没言明身份，但凭直觉，是个女的。

至于多大年龄，这不重要，不妨碍两人之间的交流。再说，玩漂流瓶，本就是游戏。当然，不是什么人都能玩到一起，或者，有话可聊的。

他赶紧接话，说："哦，没关系，我能理解。"

"子曰"抿了一口茶，茶的清香、微甘，经食道、胃，弥散至全身，让人精神兴奋，欣欣然。她来了精神，而且，颇有兴致，于是反问了一句："你北京哪个区的？"

"坐看云起"扬了扬眉，带有一丝自豪，说："海淀。你对北京熟悉吗？"

"惭愧，不熟。一次也没去过。""子曰"回复时，嘴角撇了一下，吐槽自己，接近而立之年的人，居然连祖国的首都都没去过。

"噢，有机会来北京，我义务做向导。苏州，我也没去过，不过，去了几次扬州。呵呵，那都是出差去的。"

"好啊，去北京一定找你。也真诚地、热烈地欢迎北京的你及你的家人、亲戚和朋友一起来苏旅游。我义务做向导，全程陪同。哈哈，增加我们苏州的旅游收入。"

"你真是个好市民，市长应该给你发一面锦旗。"

"身为一名苏州市民，能为家乡做些力所能及的事，荣幸之至啊。"

"坐看云起"喝完咖啡，又续了一杯。原先落寞的情绪，竟然一扫而光。游戏确实能调节一个人的心情，不过，不能沉迷。毕竟，网络是一个虚拟的世界，缺少真实性。

心情微澜的他，对"子曰"说起了实话："今天第一次玩漂流瓶，捡了几个，又扔了几个。没想到扔给你了，你又是第一个回复的。你，是个老师吧？"

"子曰"笑了，而且笑出了声，对方猜她是一名老师，显然她的谈吐，有些符合老师的特征。嗯，逗逗他。当然，她不会透露她的隐私，比如职业，比如年龄。

"当一名光荣的人民教师，是我毕生的愿望。因为少壮不努力，所以老大年纪了，还待业在家。下辈子，下辈子好好学习，天天向上，争取成为一名光荣的人类灵魂工程师。"

"坐看云起"的好奇心很强，继续问："那这辈子呢？"

"子曰"一声叹息："唉，蹉跎了。"

"坐看云起"追问："何出此言？"

"子曰"一副可怜状，说："我是个'三无'人员，工作还没找到。"

"坐看云起"又问："哪'三无'？"

"子曰"说："无学历、无长相、无臂力。"

"坐看云起"笑了，知道对方是瞎掰，他不生气。女孩子嘛，是要有防备心理，哪能和陌生人一股脑儿的什么都说，那不是缺心眼就是有其他的意图。

既然她不说，那我说。我一介男人，想说什么，就说什么，不担心骗财骗色。

"哈哈，原来是这'三无'啊。你编吧，使劲地编。我权当玩笑话。"

"啊？你识破了。"

"真的当我是弱智了。不是我吹，一般人很难入我法眼。我清华大学毕业，现就职于一家财险公司。我喜欢足球，股票，电影，摄影。"

"坐看云起"滔滔不绝地说起他的学历、职业以及爱好，语气里带有七八分的骄傲和自满。

"啊！清华大学毕业的，学霸一枚。失敬，失敬。国内学子梦想的高等学府，我等望尘莫及啊。爱好又与众不同，成功人士，青年才俊。""子曰"由衷地称赞。

"哈哈，一般一般，世界第三。"

看到对方的赞美之词，"坐看云起"颇为得意，发出一阵爽朗的笑声。笑声惊动了身边的同事，同事抬起头，投来诧异的目光。好在他是上司，没必要对投来的目光做过多的解释，只是说："刚看到一篇有趣的报道。"就算对受惊的同事解释了。

"对苏州的印象如何？""子曰"问。

其实，"子曰"是故意问的。谁不知道苏州是个好地方啊。你炫学校，那我炫炫我的家乡。上有天堂，下有苏杭嘛。

"坐看云起"竖起了大拇指，赞叹道："苏州，好地方啊，不但历史悠久，文化底蕴深厚，而且环境美，经济又发达。2011 年江苏城市人均GDP，苏州高居第一。"

"苏州 GDP 第一你都知道？""子曰"甚是佩服。

"那是我的本行，我学的是经济，干的是金融。"

"金融家，给个建议，什么工作挣钱快？炒股还是买彩票？"

"坐看云起"知道"子曰"在说笑，就故作正经地说："没有建议，小富靠勤，大富由天。"

"好吧，我就不折腾了，听天由命喽。""子曰"的语气，有些无奈。当然，她是故意的。

"你多大了？"他又问了。

显然，他还不甘心，聊了这么久，他提出的问题，对方一概没正面问答。并且他知道，她依旧不会告诉他她多大。

其实，也可以什么都说，胡诌一番，网络上的真真假假，谁会当真，会计较你说的什么呢？她不说，也不胡诌，从这点看，起码，她应该是个真诚的人。

是的，他猜对了。她不会说的。

"子曰"看了看电脑上的时间，已是下午 5 点多了。嘻，一个下午，就这样不着边际地聊聊，一下过去了。时间过得好快啊。她吐了一下舌头，赶紧结束了聊天，说："不好意思，晚上有事，我先撤了。至于我的年龄，我想，这不妨碍我们有趣的聊天。欢迎来苏。拜拜。"

"好吧，我也要下班了。拜拜。欢迎来北京。"

"坐看云起"一看时间，果然，5 点多了。办公室很安静，空落落的桌子，同事早已不见踪影。或许，和他招呼过，而他沉浸于和"子曰"聊天的情境之中，却浑然不觉。

他站起身，伸了伸腰，望着窗外，把目光投射到楼下路上这个叫苏州街的地方，试图从来来往往的身影上，获得一点蛛丝马迹。他极其喜欢探索，一股强烈的好奇欲望，被那个网名叫"子曰"的人点燃了。

她究竟是什么样人呢？长头发、短头发？圆脸、瓜子脸？胖、瘦？他被这些问题纠缠着。算啦，不去想了，明天再问个究竟吧。

北京的夜晚，华灯齐放，辉煌灿烂，复古建筑错落有致，游客熙熙攘攘。工作一天后的充实感，交织着北京胡同文化的气息，如同夜色中不断变换的主角，曲调时高时低，却始终演绎着期待胜利的乐章。

曾少鹏赶到餐厅时，早已过了和女友约定的时间。

女友李菲，北京一家知名律所合伙人。两人相处多年，到了谈婚论嫁的程度，但这事谁也没主动提起。当然，理应是男方主动求婚。

曾少鹏人没落座，便急着一连串解释和道歉："对不起，亲爱的，路上堵车。让你久等了。没生我气吧？"说着，上前揽了揽女友的后背。

李菲的身体有些僵硬，显然在生男友的气。她应该生气，哪有女孩等男孩的道理，而且，足足等了半个多小时，而且，今天是她的生日。

在等待的期间，陆续有人向她投来异样的目光，包括服务生。试想，一位漂亮的女生，在情侣餐厅，独自坐了这么长时间，多少让人有些浮想联翩。

"坐吧。"李菲淡淡地说。

她虽然生气，但仅仅是表情有些僵硬，如同她僵硬的身子。她不可能像幼稚的少女，做出幼稚的行为，比如大声呵斥，或破口大骂，或负气夺门而走。

曾少鹏讪讪一笑，说："原谅我了？我就知道，我的小菲，最通情达理了。"一边说，一边招呼服务生点菜。

今天是女友的生日，这么重要的大事，他竟然忘得一干二净。好在下班途中，突然灵光一闪，想起了和女友约定一起过生日，还想起了说好了他要给女友一个惊喜。他连敲着自己的脑袋，口中嘟囔着，该死，该死。

于是，紧赶慢赶，但还是迟到了。下班高峰，路上哪有不堵的，何况还是首都，那等候红灯的车队，就像一条长长的巨龙。

其实，这餐厅的位置，曾少鹏前日就预订好了。每年李菲的生日，都是在这家餐厅过的。倒不是这家餐厅餐费便宜，其实，不但不便宜，价格比其他同一档次的，还要略微贵一些。选择这家西餐厅，主要是喜欢它的氛围。氛围之一，它的背景音乐，是现代钢琴王子克莱德曼经典的钢琴曲：《梦中的婚礼》《星星小夜曲》《水边的阿狄丽娜》《秋日私语》等。

这些乐曲循环播放。这家餐厅一年到头只放克莱德曼的钢琴曲。估计，这家餐厅的老板是克莱德曼的粉丝。就像曾少鹏和李菲，两人也都喜欢克莱德曼及他弹奏的这些乐曲。

氛围之二，餐厅的装饰风格简约、浪漫、温馨，古典又不失时尚。但这些词语，远不足以形容它。反正一句话，它是情侣约会的首选餐厅。

曾少鹏熟练地点好了菜，情侣套餐一份，套餐中有牛排、鸡翅、大虾、三文鱼、罗宋汤、水果色拉及几片面包，还点了一瓶红酒。给女友庆祝生日，酒是必需的，而且，他还要趁女友过生日之际，宣布一件更为要紧的大事。

李菲，今晚的寿星。她上身穿着一件黑色低圆领羊绒衫，露出漂亮的锁骨和修长的脖子，颈间挂一条铂金项链，在灯光的映射下，愈发显得锁骨清冽。一头青丝，用蝴蝶流苏浅浅绾起，蛾眉淡扫，略施粉黛，清雅中透着高冷，恍若不食人间烟火的仙子。

曾少鹏看着眼前丽人，不禁为其姣好的容颜所倾倒，虽然两人相处多年，已经过了人们口中常说的"三年之痛"，并将接近"七年之痒"。

两人是大学校友，同届不同系。曾少鹏在金融专业，李菲学法律。从专业看两个人似乎没有交集。

曾少鹏热爱体育，酷爱足球。入校不久，就担任了足球队的队长，主攻前锋。课余时间，一群生龙活虎的足球小子，奔跑在绿茵茵的足球场上，他们努力奔跑，他们放飞梦想。尤其曾少鹏，身姿又帅又酷，临门一脚，足球应声入网。那一刻，他的豪气、自信、健美、潇洒，被定格在网内的足球诠释得淋漓尽致。

围观的女生一片沸腾，欢呼声此起彼伏。甚至，有个别女生会情不自禁冲入球场，只为一睹曾少鹏风采。可想而知，当时的他，迷倒了多少女生。

李菲的个性，喜静不喜动。她活动的地方，基本上只有寝室、教室、图书馆。偶尔和同学逛逛街、游览一下北京的名胜古迹。虽然活动的范围比较小，却一点没阻碍她日渐增长的人气。

女生长得漂亮，确实会受到众多男生的追捧。李菲也是如此。李菲不但人美，学习还好，入学第一学期，就拿到学校一等奖学金。她的文采也好，学校的刊物上，经常能见到"芳菲"的名字，芳菲写的散文、诗歌、微小说，受到很多学生的喜爱。有好事同学，经过一番"人肉"搜索，发现原来芳菲就是李菲的笔名。

这下，可把那些个男生乐坏了，也愁坏了。一个漂亮的女生，学习好，文采好，令多少男生心心念念、为之疯狂，又令多少男生望而却步、暗自神伤。

像李菲这样的女生，性格大概都有点孤傲吧。确实，她们也有资本清高和骄傲。

大学几年，与她关系好的女同学一个也没有，不知道是她不善和人相处，还是人家对她敬而远之。或许，两者兼而有之吧。

她对男生更是冷若冰霜。刚开始，有几个自负的男生，曾狂热地追求李菲。追求的方式，不外乎写诗、送花、送巧克力，还深夜在李菲寝室楼下，怀抱吉他，自弹自编自唱，怎一个深情了得？！

李菲一概拒之门外，正眼都不瞧。久而久之，她的冷淡，浇灭了男同学心中的爱火；久而久之，她有了一个外号，名曰"木美人"。虽然她性格不讨喜，可毕竟有真才实学，这是铁一般的事实，那些获奖证书，就是最好的证明。大二第一学期，她被推选为学生会文艺部部长。

北京的几所高校，每两年举办一次足球比赛。参加比赛的高校，轮流组织赛事。这一年，清华大学为东道主。

体育部部长兼足球队长的曾少鹏，不敢有丝毫懈怠。他在和队员一道刻苦训练、积极备战的同时，还和学校文艺部、生活部、安全部、保障部的几位部长，商议、筹谋赛事前期工作。比如文艺会演、场地规划、后勤保障、安全保卫等方方面面事宜，以确保比赛顺利进行。就是在商讨筹备工作的两个月间，曾少鹏和李菲日生情愫，擦出了爱情的火花。

赛事如期开展了，小组赛、循环赛、淘汰赛，一轮接着一轮，激烈和精彩程度，一点不亚于世界杯。那一场收官之战，巅峰对决的冠亚军决赛，曾少鹏所在的"雄鹰"足球队，不负众望进入决赛，又不负众望一举夺得冠军奖杯。

那一晚，曾少鹏代表清华大学足球队上台领奖，发表获奖感言，感谢了许多人，还感谢了李菲。他对着台下乌泱泱的观众，宣布了他和李菲的恋情。那一刻，人声鼎沸，欢呼声四起。他们在为爱欢呼，为青春的梦想欢呼。

大学毕业，两人都留在了北京。曾少鹏过五关斩六将，进入了一家知名财险公司。李菲在一家律所做律师，没几年，便成了律所的合伙人。

一路走来，两人的工作和感情，颇为顺风顺水，真是羡煞了旁人。或许太过顺利，或许相处久了，感情在忙碌中，渐趋于平淡；又或许是感情的宿命也未可知。

所以，生活需要仪式感，需要小惊喜，在日复一日、往复循环的日子中，让某一天、某一个时刻，变得和其他的日子不一样。

曾少鹏打开红酒瓶，给李菲倒了一杯，也给自己倒上。他举起酒杯，目光含情，柔声地说："宝贝，生日快乐！"

此刻，李菲已放下了对男友约会迟到的些许不满，她可不是一个小肚鸡肠、斤斤计较的女人。她阴转晴的脸上，露出一抹浅笑，端起酒杯，和曾少鹏的杯子轻轻一碰，说了一声"谢谢"，然后，抿了一小口红酒，红酒顺着喉咙缓缓而下。

两人卿卿我我，窃窃私语。不胜酒力的李菲，腮如红霞，目如桃花，吐出的是一团娇滴滴的和气，与刚才冷若冰霜的样子判若两人。

餐厅的背景音乐，正是理查德·克莱德曼演奏的《秋日私语》。旋律舒缓悠扬，在年轻情侣的心灵上，轻柔地跳跃和触碰。透过餐厅的落地窗，窗外月色如水，万家灯火，星空下绽放的烟火，把夜晚点缀得格外迷离、风情万种。

曾少鹏向服务生使了一个眼色。突然，餐厅一片漆黑。在众人惊讶之际，只见两位服务生，一人推着餐车，餐车上放着一个五层高的蛋糕，蛋糕上点有两支蜡烛，在漆黑的餐厅里，熠熠生辉；还有一人，手捧一束玫瑰，那是红玫瑰，爱情的象征。两人朝李菲这桌款款而来。

众人惊讶，好奇地注视着服务生的一举一动。

曾少鹏站起身，从口袋中掏出一只外观精美的盒子，在服务生到来的那一刻，他手捧盒子，走到李菲身边，突然单膝而跪。他这一举动，看呆了餐厅客人，也把李菲吓着了。

李菲红着脸，对跪在面前的男友一声轻呼："大庭广众之下，你做什么？快起来，人家都看着我们呢。"

害羞的同时，还有些许尴尬。她心想，生日年年过，也就吃个饭，当然，生日的蛋糕和礼物，这是必备的。虽然过得像例行公事，可也没必要兴师动众，还惊吓了吃饭的客人。刚才餐厅漆黑的那一刻，就听到有人问："什么情况？停电了吗？"声音里有不满，有责问。

曾少鹏朝向投来的那些目光，歉意地说："不好意思，打搅你们了。我要向女友求婚，请大家帮我做个见证。"然后，他对李菲大声地说："李菲，请你嫁给我吧，我会爱你一辈子的。"

用餐的客人，看到这动人的一幕，早忘了不快，纷纷站起身，热烈地鼓起了掌，朝着李菲说："李菲，嫁给他吧。"

李菲站起身，娇羞地说："太突然了，我还没准备好呢。"其实，她早就等着这一天，等着男友向她求婚呢。

曾少鹏把准备好的一枚钻石戒指，戴在了李菲的无名指上，然后拥吻李菲。

餐厅里又响起了雷鸣般的掌声。见证幸福，分享甜蜜蛋糕，感受爱的洗礼。珍惜爱情，珍惜眼前人。

两人举起酒杯，又轻碰了一下。李菲目露温情，娇羞地问："你什么时候准备的？"

曾少鹏说："亲爱的，抱歉啊！让你等了这么久。我迟迟没有决定，是担心自己做得不够好。不过，不努力尝试，怎么会得到幸福呢？从今天起，你是我的曾太太了，这种感觉很奇妙。现在，我的内心是踏实的、安宁的，就好像找到了停靠的港湾。李菲，谢谢你给了我这样美好的感觉。"

面对爱人的再一番表白，李菲醉了，她真的醉了。

"少鹏，能做你的新娘，是我这辈子最大的愿望。"

理查德·克莱德曼的钢琴曲《梦中的婚礼》，悠扬地在大厅里回响。此情此景，此时此刻，永远定格在了这一晚，这动人的夜晚。

夜幕下的苏州城，更像一位浣纱的妙龄女子，轻舞飞扬，娇媚婉转，透着神秘，藏着矜持，承载着两千五百多年厚重的历史文化。古典与现代、传统与时尚完美交融，有东方威尼斯之称的苏州，被孕育得如诗如画。

王小艾下了班没回家，直接乘公交车，来到了观前步行街。

观前街，迄今已有一百五十多年的历史，因地处玄妙观而得名。一直以汇集稻香村、乾泰祥、黄天源等多家名优特色的百年老店而名满天下；全国重点文物保护单位玄妙观，以其丰厚的道教文化内涵吸引着国内外游客。

王小艾在观前街的一家绿杨馄饨店里吃了一碗馄饨，荠菜馅的。她喜欢吃面食，且百吃不厌。妈妈笑她是北方人投胎。小艾很小的时候，妈妈还说她是马路边捡来的，丢弃她的父母是北方人，不乖的话，要把她还回去，惹得她啼哭不止。稍大些，小艾才明白妈妈是和她说着玩的。

从馄饨店里出来，已是华灯初上，红的、绿的、黄的灯光，把观前街映照得五彩缤纷，美丽又繁华。行人来来往往，熙熙攘攘。人们闲庭信步，或逛商铺，或看夜景，或品美食。一片喜气洋洋的景象。

王小艾到观前街也是来购物的，她要买蜂胶给妈妈吃。

妈妈有慢性支气管炎，很多年了，稍不注意，咳嗽症状就加重。妈妈说她这个病是在生小艾大哥时落下的。那时的农村，生活条件艰苦，农活又忙。生下大哥不满一个月，妈妈就下地干活，受了风寒，落下咳嗽的毛病，反反复复，一直剜不了根。自此，一到秋冬季节，妈妈咳嗽的毛病就发作，那撕心裂肺的咳嗽声，种在了小艾幼小的心里。

也因此，小艾读大学时，选择了医科。学了医才知道，慢性支气管炎不好治，只能控制，不会完全治愈。一次偶然的机会，小艾得知蜂胶能增强呼吸道的免疫力，就联想到了妈妈的咳嗽，咳嗽不见好，不就是呼吸道的免疫力弱嘛。

从那一年开始，小艾隔三岔五便会买蜂胶给妈妈吃。妈妈这一吃，便吃了多年，且一天都不落。慢慢地，妈妈的咳嗽症状减轻了很多，发作次数也明显减少，原先暗黄的脸色，也红润了起来。

王小艾常到观前街的一家蜂胶专卖店去买蜂胶。一回生，二回熟，三回四回就成了朋友。小艾和蜂胶店卖蜂胶的梅姐，成了忘年交。

梅姐膝下有一女，比小艾小两岁，还在外地读大学。或许因为这，梅姐每回见小艾，都闲话不停，拉着小艾的手，问东问西，还给她介绍男孩。小艾拗不过梅姐的一腔热情，就去相了亲，见了几次面，没了下文。梅姐问及原因，小艾无奈地说，两人没缘分。

其实，按照梅姐的年纪，小艾应该叫她梅姨，只是店里的人都叫她梅姐，而且，她乐意人家叫她姐。叫阿姨，她还不开心呢。

小艾脚还没跨进店，就听到梅姐的大嗓门："小艾，你来了，我这几天正念叨你呢，有多久没来了？"

"是的，梅姐，半年多了。"

"也不想着来看看梅姐，是不是有了新欢把姐忘了？"

"梅姐说笑了。之前是妈妈的蜂胶还没吃完，所以没着急买。后天清明小长假休息，准备回家看妈妈，想着买几盒带回去，估计她快要吃完了。"

"你来得真巧，店里正好在搞活动，买五送二。这个活动从清明小长假第一天开始，不过没关系，你是我们店的老客户了，我能做主，优惠活动提前生效。"

"真的？那太好了，谢谢你，梅姐。"

小艾很开心，像捡到了大便宜似的，可不，就是捡到了大便宜，一瓶蜂胶可不便宜呢。

"嘻，不用谢。真要谢的话，就常来店里看看我。你长时间不来，梅姐可想你呢。"

"好的，梅姐。以后我常来，到时你不要嫌我烦啊。"

"傻丫头，我喜欢你还来不及呢，怎么会嫌你烦？"

小艾告别了梅姐，拎着一大袋蜂胶，迎着柔软的夜、清幽的月光、闪闪的星光和灿烂的灯光走向观前街，修长的身影，逐渐淹没在步行街如流的人潮中。

二

2012 年 4 月 1 日，愚人节，也是香港一代天王张国荣离开人世九周年的忌日

北京

曾少鹏今天身穿一套褐色西装，里面一件浅蓝色衬衫，脖子上系一条粉色领带。配以一米八五的身高，真是风度翩翩，一表人才。

莎士比亚曾经说，一个人的穿着打扮，就是他教养、品位、地位的最真实写照。大师不愧为大师，此话放在曾少鹏身上，确是如此的妥帖。

曾少鹏乃福建泉州人氏，自小学习成绩优异，高考那一年，他以全市第二名的成绩，考取了清华大学。那一年，他的名字在泉州如雷贯耳。初高中学校争相邀他，让他现场给学弟学妹传授、分享他的学习经验和应试技巧。

用当今的话来讲，他绝对是网络红人，是带着流量的大 V。只不过当时的网络没有现在发达。进了清华大学，他依旧红火，学业和爱情双丰收。

毕业后，他过关斩将，被优秀的财险公司录用。天生自带流量，又聪明能干的他，一进公司，就"吸粉"无数，受到同事的褒扬及公司老总的赏识。工作第二年，破格提拔为副总经理，这是财险公司开创以来，第一次对工作仅两年的员工晋升职位。财险公司的这一举动，对年轻人的鼓舞，可谓巨大。一时间，公司上下员工的工作热情、工作干劲及工作业绩，创下了新高，并一次次再创纪录。

俗话说，人红是非多。曾少鹏的崭露头角，在招来羡慕与夸赞的同时，也伴随着一些嫉妒和非议。当然，那些非议无非是说他年少气盛，恃才傲物，不懂收敛。

说这些话的人，是公司拼搏多年的老一辈，老一辈并不是年纪真的有多老，只是他们做事四平八稳，稳中有序，进可攻，退可守。

其实，老一辈也是从年少气盛的阶段一路走来的，想当初也是有棱有角，锋芒毕露。不知是岁月的磨砺，还是激情的消退，那些自负的青年，走进了不惑的中年，又到了平和的老年。人生的每个阶段，都有它不同的特点。

曾少鹏的心情，也犹如最美人间四月天的景致，美好、绚丽。他一边回想昨晚向女友求婚的高潮，并为自己出其不意的那一招而沾沾自喜，一边哼着小曲，驾驶着爱车，欢快地穿行在上班途中。

FM103.9交通频道正在播天气预报，今天北京多云，最高气温14℃，最低气温6℃，东南风3—4级。天气预报过后，传出主持人略带伤感的声音："今天是愚人节，也是张国荣去世九周年的忌日。九年时光，世界没有忘记张国荣，他是人们口中的神话，永远的哥哥。大家一起回顾他，缅怀他，并继续着对他的宠爱。让我们用歌声纪念哥哥，把祝福送往他所在的那遥远的天堂。愿世界再无抑郁。"

一首《风再起时》响起，正是张国荣的原唱，他略带磁性、伤感的嗓音，歌声悠扬、悲凉，唱出了他在歌坛十几年的酸甜苦辣，也是无数粉丝难忘的经典。曾少鹏就是张国荣的歌迷之一，而这首《风再起时》，也是他最喜欢的歌。

我浮沉了十数年 / 在星空里闪 / 带着惘然 / 请你容我别去前 / 赠出这阙歌 / 来日某天再相见 / 但愿用热烈掌声欢送我 / 在日后淡淡一生也不错 / 那暖暖双手 / 最后可永远伴我 / 何用再得到更多 / 风再起时 / 默默地这心 / 不再计较与奔驰 / 我纵要依依带泪 / 归去也愿意 / 珍贵岁月里 / 寻觅我心中的诗 /……

听着张国荣的歌，曾少鹏的心里也有些伤感。谁说不是呢？他崇拜、迷恋的偶像，在愚人节这天，和喜欢他的粉丝开了一个国际玩笑。从此，世界再无"哥哥"。

北京春天的早晨，还有些微寒，薄薄的雾霭萦绕街头。凉风中，浸润着花的香甜。道路两旁的国槐，早已抽出新的枝叶，树叶含翠欲滴，娇嫩青绿。

因为起得早，车子一路开来，还算畅通。到达单位时，才8点20分，空落落的办公室，显得尤为清静。

曾少鹏照例冲了一杯咖啡，一边品味，一边把目光又投向了楼下的苏州街。楼下的街道，各色商店林立，但大部分还没开门营业。只有早餐店已开门迎客，且生意红火。有的门口，还排起了长长的队伍。

那是买炸糕的队伍，老北京人都喜欢吃。炸糕面皮金黄，脆香糯甜，还酥而不腻。有豆沙馅儿的，芝麻馅儿的，香菇肉馅儿的，等等。反正，咸甜荤素都有，最绝的是，吃上一口，居然有桂花的香味。原来，这家店的老板在和馅儿时，加了蜜汁腌制过的桂花。

这家店的老板还规定，每位顾客，限购十个。可见小店生意的火爆程度及炸糕的受欢迎程度。买了炸糕带回家吃，凉了，皮子也不会耷拉下来，微波炉热一下，高火二十秒左右，味道也不输刚出锅的。

曾少鹏也喜欢吃，也在店门口排过队，买了，带给女友李菲吃，李菲也说好吃。

这家店的炸糕，不但北京人喜欢，外地来的年轻人也喜欢。难怪门口一早就排起了长队，都是为了能吃上这口含有桂花香的炸糕。

其实在北京，叫苏州街的街不下七条，最著名的要算颐和园里的了，还有海淀区的苏州街，就是曾少鹏目光投向的这条街。

颐和园里的苏州街，两街夹着一条河，小巧玲珑，风景秀丽，模仿苏州山塘街所建，是清朝专供帝后妃嫔们逛市的商业街。

海淀区的苏州街如何得名，也有个故事。传说乾隆下江南，扮成香客到寺庙进香，遇见一位貌美若仙的尼姑，龙颜大悦，想宣她进宫伴驾，又恐有违佛门清规。怎么办？回京后，有人为乾隆支招，在清水河畔的蓝靛厂为尼姑建了一座泉宗庙。其实泉宗庙半为行宫、半为庙宇。从此，苏州来的尼姑，在泉宗庙里过上了半尼半妃的生活。

一年春天，乾隆到西山游玩，前往泉宗庙，却不见尼姑来见驾。原来尼姑耍了一个心眼，佯装身体不适，实际上是想苏州老家了。乾隆为了讨尼姑欢心，下了圣旨，仿照苏州建筑修了一条买卖街，两街一河，船儿荡悠悠；南货麇集，小吃遍街；来来往往尽是梦绕千万回的吴侬软语。简直到了乱真的地步。苏州街之名由此沿用至今。

曾少鹏望着街上来来往往的行人，出神了片刻，脑海里又浮现出了那个网名叫"子曰"的苏州女孩。上有天堂下有苏杭的苏州，很令人向往啊。

同事陆陆续续来上班了，办公室也热闹起来，趁着没到上班的点，大家聊起了愚人节，聊起了张国荣，还有清明三天假期的打算。

每逢节日，各个单位或开个会，会议内容一般是强调安全及卫生，会议结束，再来个大检查，对职工进行一次防火、防盗、防交通事故的安全教育，再强调节日期间出行的人身和财产安全；或发个安全通知，转发到各个部门，再由各部门传达到每个职工。

曾少鹏也召集部门同事开了一个短会，强调节日期间出行的安全，并布置了节后的工作任务。还说如果手头上没特别的事，下午大家就不用来了。其实，他不说，也有同事会寻找借口，提前离开。

财险公司的福利很好，每次节假日，除了发节日费，还有大礼包。果然，临近中午，工会发了通知，节日费每人五百元，大礼包为一盒北京特产和一盒梨膏糖。

到了下午，部门同事一个个先行离开，约会的约会，旅行的旅行，祭祖的祭祖。热闹的办公室，复又安静了许多。

曾少鹏回复了几个客户的邮件，又看了看节后的工作规划，形成了一个方案，方案里包含目标、指标、投入、收益、期限、人员配置等。处理完这些要事后，他给福建泉州的父母打了电话，叮嘱父母注意身体，还汇报了他昨晚向女友求婚一事。

电话那头的父母听了，笑出了声，母亲连连说："太好了，太好了，我们终于盼到这一天了，小鹏要结婚了，那我们抱孙子的愿望也快实现了。你尽快带小菲回家啊，你们工作忙，操办婚礼的事，就交给我和你爸，你们不用管了，回来走个仪式就好。"

"好的，小菲这阵子有点忙，等她有空了，我们就回来。"

其实在年初，曾少鹏就有了结婚的念头。一是父母催着，再就是和女友相处了六年，坚守的这份爱，应该有一个名分了。

刚和父母通完话，又接到了李菲的电话，李菲语气有点急，她说：

"有个案子，要外出取证，地方有点偏远。顺利的话，三四天就能回来。不说了，要走了。"没等曾少鹏回话，她就挂了电话。

曾少鹏手持手机，愣了一会儿，担心女友安全的同时，一阵失落感向他心头袭来。

偌大的办公室，空荡荡的，比以往任何时候都要安静，静得能听到自己心跳的声音。

慵懒的午后阳光，透过玻璃，肆意挥洒。恰如凡·高说的，我的房子沐浴在灿烂的阳光下，在这里，我可以生活、呼吸、沉思和作画。

但此刻的曾少鹏，完全没有凡·高的心境，在阳光的照射下，他竟然生出了一丝寂寞，几许愁绪。是因为女友没有详述外出理由而急匆匆地离去，还是不知道三天小长假如何打发？或许，兼而有之吧。

无聊中，他又想起了玩漂流瓶游戏时那个网名叫"子曰"的苏州女孩，不知道此刻她在不在线。曾少鹏尝试着发了一条信息："祝愚人节快乐！"

苏州

一清早，王小艾就被手机的短信铃声吵醒了。她睁开惺忪的睡眼，摸索着拿起放在床头柜上的手机。是同学丽发来的短信，短信内容："天气预报：今天夜间本地区会下人民币，西北方向有时有支票，局部地区还会有金块。气象部门提醒市民备好大麻袋，收钱。切记，切记。祝愚人节愉快！"

看完短信内容，王小艾忍不住扑哧一笑，想起了今天是愚人节。她微笑着把发来的短信，原封未动地回复给了丽。有财一起发，有福一同享，必须的。

丽是她的发小，两人亲密无间，无话不说，直到高中毕业，各奔大学。毕业后，两人回到家乡工作，被大学隔断的情谊，又重新焕发，且更加醇厚。

王小艾看了看手机上的时间，才6点多，嘟囔了一句："该死的丽，成心的。看我怎么收拾你。"当然，她不是真的恼，她不恼、不怒、不火。这是姐妹间的打闹、嬉戏、玩笑。

再睡，担心睡过头。算了，起床吧。推开窗，一阵清凉的风扑面而来。窗外，春意盎然，绿荫葱葱，群花怒放。一幢幢园林式的建筑公寓，错落有致，掩映在繁花竞放的玉兰树下。早晨的小区安静又柔美，青砖铺就的小路，两侧的花木茂盛青翠。隐约地传来优美的乐音，那是周边居民在附近的小公园晨练的舞曲声。

王小艾所住的房子，是表哥买了给父母住的，表哥的母亲，是小艾妈妈的亲姐姐。由于姨父姨母不习惯县城的生活，仅住了几个月，就搬回了农村老宅。自此，房子一直空置着。

表哥得知已参加工作的王小艾与人合租一间公寓，就把空置的这间房子给了小表妹住，且分文不收。表哥说，等你成了家，再把房子还给我。

王小艾一住，就住了三年，并且还要住下去，直到她成为别人的妻子。正在欣赏小区春景之际，手机铃声又响了。王小艾一看号码，熟悉的，是丽打来的，赶紧接听，想着一早，她又是短信，又是电话的，不知道有什么要紧的话要讲。

丽急切的声音传来，她说："我帮你约了人，我同事的弟弟，和你是同行，神经内科医生，年龄比你大一岁，与你很合适。明天下午两点，你家附近的咖啡厅。不要忘了。一定要去的啊。"

小艾咯咯地笑，笑嘻嘻地说："明白了，我的大媒婆，我一定准时去相亲。"

丽是一名英语老师，大前年结的婚，一年后添了孩子。自从她结了婚，对小艾的婚事也日益上心，就四处张罗，不遗余力为她物色男孩，也足见她对小艾的一片赤诚。她还宽慰小艾妈妈，说小艾的男朋友包在她身上了。打了包票，就不能食言。这是她给小艾介绍的第三个男孩了。

王小艾空暇之余，常去丽家蹭饭，帮着丽带孩子。她天生有小孩缘，又极喜欢小孩，把丽的孩子当成了她自己的，口中宝贝宝贝地叫，又是搂，又是亲；丽的孩子也喜欢小艾，每次她去，都会扑上去要小艾抱。

丽说："喜欢孩子，就自己生一个。"

小艾白了丽一眼，说："和谁生啊？一个人又不能生，要人工授精。我才不要，我有小欣欣，欣欣也是我的孩子。"小艾口中的欣欣，就是丽的孩子。欣欣一生下来，她就抢着认作了干女儿。

"所以啊，赶紧找个人嫁了，再生个孩子。瞧，你来了，欣欣就不要我这个亲妈了。我吃醋了。"丽开玩笑地说。

其实，小艾先后处过好几个对象，有几个还相处得不错。但每次到了谈婚论嫁的时候，她便会退缩，她给出的理由是自己还没准备好步入婚姻的殿堂。那几个男孩倒通情达理，信誓旦旦对小艾说，没关系，等你准备好了，我们再结婚。只是可惜，男孩或许迫于父母的压力，或许出于其他原因，后来都没能坚守诺言，娶了别的女孩。

小艾知道自己患上了婚姻恐惧症，也清楚症结。因为父母常为家庭的一些琐事起冲突。小艾自懂事起，就见父母经常吵架，两人谁也不让着谁，有时还动手，当然，真动手的话，总是女人要吃亏一些。妈妈指着身上的瘀青，一边哭一边骂。而爸爸脸上的抓痕，一道一道的，也常常让他无法出门见人。

父母的争吵，给小艾的童年留下了抹不去的阴影，阴影伴随着她的成长。小艾在渴望美好婚姻的同时，又本能地对未知的婚姻生活充满了恐惧、不安和不信任。

为此，她曾求助过心理医生，心理医生给出的建议是：坦诚相待，以开放的心态，和你的另一半多沟通、交流，让你感受到足够的爱和安全。用一种积极的心态，开启婚姻新生活。

心理医生不痛不痒的"教导"，小艾领教了，竟是一番虚言。至此，她再也没登过心理医生的大门。或许有一天，碰到了合适的人，或对的人，她对婚姻的恐惧，才能就此消失。

王小艾是社区卫生服务中心一名全科医生，因临近节日，来看病的人不多，一个上午就看了三个病人。两个是来配降压药的；一个感冒，没发烧，仅鼻塞流涕，验了血，白细胞计数正常，小艾给开了抗病毒的中成药，还关照病人多喝水，多休息。

下午也是如此。王小艾就趁空闲时，看业务书，看医学杂志。单位为提升医务人员理论、技能水平，经常不定期组织技能、理论考试。还要求三十岁以下的年轻医务人员，一年完成两篇论文；三十岁至五十岁的，一年完成一篇论文。

同学丽又发来了信息，她说："我把那男孩的照片，发至你QQ了。蛮帅的。你会喜欢的。嘻嘻。"

王小艾打开QQ，一张人景合一的风景照，赫然跃入眼帘。照片上的男孩，戴着眼镜，很斯文的样子，站在一块大石头前面，大石头上刻有"试剑石"三字。这是在虎丘拍的。她笑了，作为土生土长的苏州人，虎丘她去过无数回了。每次远方的同学、亲戚来，她都会陪着他们，去中外驰名的虎丘、留园、拙政园、寒山寺等景点游玩。

关于虎丘的试剑石，有个美丽的传说。

相传，春秋时期，吴王阖闾为了争霸天下，召来了当时最有名的铸剑师干将、莫邪夫妇为他铸剑。阖闾给他们三百名童男童女用来祭炉炼剑，并且让他们保证一百天内铸出一把举世无双的宝剑。干将看到这些孩子都还幼小，不忍心伤害他们，请求阖闾放了他们，并且保证一百天内铸成宝剑。阖闾说："只要你炼出宝剑，我什么条件都答应你，但是如若你完不成，你将连同这三百名童男童女一起死。"

于是，干将和莫邪来到了苏州当时的匠门砌炉炼剑。他们在此处炼剑九十多天，但看不见出现黄白、青色烟气，表明有杂质未分离出来。莫邪看到干将满面愁容，心想如果宝剑炼不成，那么干将连同三百名童男童女都将被杀，想到这一点，她舍身投入了火炉。顷刻间炉水变青，终于炼出了两把举世无双的宝剑，一把雄剑名"干将"，一把雌剑名"莫邪"。

干将非常清楚吴王阖闾是一个暴君，他要的是一把举世无双的宝剑，如若他活着，那么就会造出第二把、第三把甚至更多的宝剑，看来此去凶多吉少。满期那天，他提着"莫邪"剑来到了虎丘山，将此剑献给了阖闾。阖闾为了试其锋利程度，对身边的一块石头劈了下去，石头瞬间被一劈为二。正在阖闾想杀死干将时，干将拔出那把雄剑，那把剑突然化为青龙，干将骑着龙，直上云霄成为剑神。那块被剑劈得裂开的石头，后人把它称为"试剑石"。这就是有关试剑石的传说。

事实上，再锋利的剑，也不可能把一块石头一劈为二。这块石头是典型的火山喷出的凝灰岩，久经风化，沿着裂隙形成了一条大缝，酷似剑劈。

有了传说，或有历史故事的景点，不但增添景点的文化内涵，还让人浮想联翩，慕名的游客，自然纷至沓来。

估计照片上的这位，也是慕名前往一游，他的身影，那一刻，与"试剑石"一起，定格在了方寸之间。

"怎么样？有感觉吗？"丽问。

"没有呢。"小艾回复。确实，就凭一张照片，能看出什么来？她可不是一味追求外貌的姑娘，人的言行、举止，思想、内涵等，对她来说，更为重要。

"人家对你很满意呢。"

"未经我同意，又把我照片给人家了。"

"必须的，又不是拿不出手。记得明天下午的约会啊。"

"知道了，不会忘的。和我妈一样，唠叨起来没完。"

王小艾无心再看书，便走出诊室，几个同事聚在药房门口，正小声说话，看到王小艾，招呼了一声，问她："假期有何计划？"她回答说："回家。你们呢？"一个同事说："和你一样，回家看望父母。"另一个同事说："我报了三日游，浙江仙居。"

大家站着说了一会儿话。护士小美领了一位年近七旬的老人，对小艾说："来配药的。"小艾按照老人的要求，开了几样常用药，有治感冒的、治咳嗽的、消炎的。老人说，这些药，是以备不时之需的。虽然是些常用药，但小艾作为医生，还是提醒老人，不要擅自吃药，尽量在医生指导下服药。老人点点头，表示了感谢，去药房拿药了。

王小艾又看了一会儿书，但效率一点也不高，索性不看，点开电脑的新闻网页，浏览网上的各种信息。

漂流瓶提示音响起，是"坐看云起"发来的。她点开瓶子，瓶子里写着"祝愚人节快乐！"几个字。

王小艾笑了笑，回复了一句："也祝你愚人节快乐！"来而不往非礼也，可不能失了江南人的温文尔雅之风采。

等待中的曾少鹏，望着窗外，西边的天空，已开始出现几缕流云，流云在夕阳的映照下，变幻着不同色彩，好像一位美丽的仙子，在空中抖动着五彩斑斓的绸缎。

来信息的音乐声响起，"子曰"回消息了。曾少鹏点开瓶子，瓶子里装的是和他说的一样的话："也祝你愚人节快乐！"

曾少鹏赶紧搭话，说："今天是愚人节，也是张国荣离开九周年的忌日。我是他的歌迷，听到那首《当爱已成往事》，颇为感慨和唏嘘。"

"是的，他和我们开了个玩笑，至今还有人不相信他离开的事实。可怕的抑郁症。"

"开始几年，我也不相信，认为是媒体为博人眼球的炒作。"

"按我们正常人的思维，跳楼需要多大的勇气。他既然有勇气选择从二十四楼跳下，怎么就没有活着的勇气？"

"这是正常人的思维。病了，就是病了的思维。他觉得活着痛苦，死亡才是他的解脱。"

"我有时候也会有想不开的念头。"

"人的一生中，或多或少都会遇到一些当时看起来很严重的问题。我高考那一年，压力很大，面对老师、父母寄予的厚望，我差一点崩溃。最终挺过来了，还考进了清华。"

"我也挺过来了，不然，也就没有我们的'瓶遇'了。"王小艾打趣说。

"珍惜生命，珍惜当下。借用丰胸广告，'没什么大不了的'。"曾少鹏话一出口，就感觉对一个未谋面的女孩说这话，好像有点过了。便马上道歉，说："话没经大脑就出口了。见谅。"

"没事，电视上的广告语，既然是面对大众的，也就没什么的了。"

"咱们的聊天内容有点沉重，换个轻松点的话题吧。"

"倒是，但好像也应景。今天是张国荣忌日，再过几天是清明祭祖日。"

"不说这话题了。你是苏州人？"曾少鹏问。

"是啊。自出生就没离开过。"

"我在北京近十年了。"他有些感慨。从入学的那天起，有十年了。光阴荏苒，弹指一挥间啊。

"你在财险公司做什么的？看你工作似乎很清闲。"王小艾有些好奇。

"我主要是管理，动动嘴，动动鼠标。你呢？似乎也很清闲。"曾少鹏回问了一句。

"我待业啊，清闲得很，有大把大把时间闲聊。比如现在。"她又开起了玩笑。

"你扯吧，我才不信。不过，没关系，你扯得越离谱，我们会聊得越欢。呵呵。"

"别见怪啊。我弱女子一枚，对素不相识的人，要时刻保持一点戒心，不能你问什么，我就如实说什么。我想你也是这样的吧。"

"理解，理解。理应如此。清明三天假怎么安排的？"曾少鹏问。

"明天回去看父母，后天宅家写论文，大后天单位值班。"王小艾如实回答。当然，明天下午约了和人相亲这事是不能说的。

"安排得很充实。好、好。"

"你这三天怎么打算的？"

"还没想好。"是啊，女友临时出差，打乱了他小长假的计划。

"来苏州吧。"

"向往至极啊。张继的一首《枫桥夜泊》，令姑苏城外的寒山寺驰名中外，享誉全球。杜荀鹤的《送人游吴》里那句'君到姑苏见，人家尽枕河'让一幅江南水乡的清新画面跃然纸上，又令多少人为之迷恋。"

曾少鹏对江南的一番盛赞，让王小艾对自己的家乡更增添了几许自豪。她再一次发出邀请，极其诚恳地说："热烈欢迎尊驾来苏观光旅游。我必尽地主之谊，全程导游，不收取任何报酬。"

邀请完毕，她介绍起了苏州的名胜："苏州园林有拙政园、留园，狮子林，沧浪亭、耦园、怡园等，其中，拙政园、留园，狮子林，沧浪亭已被列入世界文化遗产名录，在中国四大名园中，拙政园、留园就占有两席。"

说起苏州的景点，王小艾是专业的。曾经，她想做一名兼职导游，问做导游的同学借了考导游证的相关书籍。后来，虽然由于一些原因，她放弃了做导游的念头，但看过的那些旅游知识，多少还留存在记忆中。

　　"吴中第一名胜虎丘，因其深厚的文化积淀，成为游客的必游之地。确实，张继的那首《枫桥夜泊》，令中外游客争相访枫桥，听寒山寺钟声。而城外自然风光的秀丽，如灵岩、天平、天池和洞庭诸山，点缀于太湖之滨，形成了富有江南风情的湖光山色。苏州既有园林之美，又有山水之胜，自然、人文景观交相辉映，加之文人墨客题咏吟唱，使苏州成为名副其实的'人间天堂'。"

　　"哈，不愧是'热心市民'，对家乡的美景，如数家珍。厉害。"曾少鹏说这话时，还附带了个竖起大拇指的符号。他顿了顿，接着说："苏州人杰地灵，文化底蕴深厚，从你的谈吐中可见一斑。被你说动了，我准备国庆节，携家带口来苏一游，会一会你'热心市民'的庐山真容。"

　　曾少鹏已经在脑海里计划起来，他和未婚妻的蜜月旅行第一站，将是苏州。如果女友再要去其他地方，那就从苏州出发。国庆七天假，再加上十五天婚假，应该可以去想去的地方度蜜月了。

　　网名叫"子曰"的苏州女孩，匆匆下线了。

　　尽管过了下班时间，但曾少鹏却一点也不想下班。他给出差的女友发了几条信息，又打了电话，电话中传来"您拨打的用户暂时无法接通，请稍后再拨"的声音。稍后，又打，还是如此。而女友在给他发了出差信息后，就再没信息来。他发的信息，也不见回音。

　　突然，一股莫名的担忧、失落，在心底油然而生。他猜测各种可能性，女友出差的地方偏僻，手机信号不好，或是没电了，正在充电中，这些因素都能导致电话暂时无法接通。应该不会有别的事。曾少鹏心想。但是之前，从没发生过这样的状况，她每次出差，一路信息不断，向他汇报她的动态，还和他分享案情的进展。

他惴惴不安地、焦虑地等待李菲的回音。

下了班的王小艾，她去哪里了呢？她去丽家蹭饭了，临时起的念头。她给丽打了电话，说要去吃晚饭。丽自然十分欢迎，尤其她女儿欣欣，听到小艾阿姨要来，高兴地拍起小手，还嚷嚷着说："小艾阿姨、小艾阿姨，什么时候到啊？"

欣欣虽然刚满两周岁，但说话口齿清楚，会背十多首唐诗，而且字正腔圆，声情并茂。还会认一些简单的字，比如大、小、中、左、右、上、下等，大概有百来个。还会做十以内的加减法。还会背二十六个英文字母。这些都得益于有个做教师的妈妈。

丽对宝宝的早教，始于腹中的胚胎期，怀孕没多久，她就把听音乐的耳麦置于腹部，放古典名曲，如《高山流水》《梅花三弄》《夕阳箫鼓》《汉宫秋月》等；放耳熟能详的儿歌，如《小红帽》《小星星》《数鸭子》《白龙马》等；还有英文，这自然不能少。她是一名英语老师，主业是教英语，教自己的孩子，那不更得上心了。

王小艾在水果摊买了一些欣欣喜欢吃的水果，招手上了一辆出租车，一路未耽搁，二十分钟到了丽的小区。丽的小区是十五层高的公寓住宅，她家在八楼。王小艾是丽家的常客，丽早把电子防盗门的密码告知了她。

刚跨进丽的家门，欣欣就扑到了王小艾怀里，娇声娇气地说："小艾阿姨，抱抱，抱抱。"

王小艾放下手里的水果，抱起欣欣，两人倒在沙发上嬉闹起来。

丽，人美，正如她的芳名，还烧得一手好菜。丽的爱人是一家企业的生产主管，工作忙碌，常常早出晚归，无暇顾及家庭和孩子。丽没有半点埋怨之言，支持爱人的事业。她的事业也不荒废，她教的几个班级，每次英语测试，成绩总稳居年级前列。熟悉她的人，都说她是上得厅堂，下得厨房的人间极品。

晚饭后，丽和小艾带着欣欣来到小区内的游乐场。游乐场在丽家的南面，整个小区中心位置。其中，五彩斑斓的大滑梯最为醒目，也是小朋友极喜欢的项目。欣欣也不例外。大滑梯由六部分组成，有台阶、钢梯、两个小红滑梯、钢板、绿色屋顶和一个高高的深红色旋转滑梯。去旋转滑梯可以从台阶或钢梯上去，再到一块黑色的大钢板上，然后上一个台阶，一直向前走，来到绿色屋顶的前面，就可以从深红色的旋转滑梯上滑下来。去小红滑梯，就从钢梯走上去，然后直走就到了。滑梯的西面，有蓝黑色的旋风轮、紫色的扭腰圈、双杠、绿色的推揉器和立式旋转器。东面有旋体训练器，南面有植物"月牙岛"，背面有一条黑白相间的鹅卵石小路和一张张整齐的座椅，上面有一个架空走廊。

晚上的游乐场很热闹，不论男女老少，都有适合的健身、娱乐器材。可想而知，游乐场里的人，不是一般的多，尤其在这风和日丽的季节。

王小艾牵着欣欣，绕到滑梯的上面，欣欣在前，小艾断后，顺着滑梯的弧度、转角，一路下滑。欣欣一路滑，一路喊："妈妈、妈妈，我飞起来了。"

丽等在滑梯的下端，双手便把欣欣接住了。此时，小艾还在滑梯的半道艰难地蠕动身体。因滑梯是专门为十岁以下儿童设计的，下滑的通道自然要狭窄一些。尽管小艾的身材偏纤瘦，但对于成人的她，下滑的通道还是太挤了。她在通道中，两手抓着扶梯，脚使劲往下蹬，并扭动身体，一步一步往下滑。她狼狈的样子，把早已在下边等候的欣欣，看得极其紧张，她拍着小手，发出清脆的童声，喊着："小艾阿姨，加油！小艾阿姨，加油！"

坐在一边的丽，和着欣欣的童声，也帮着喊道："小艾阿姨，加油！小艾阿姨，加油！"终于，王小艾艰难地滑下来了。

她和丽坐在椅子上说话，欣欣去一边玩耍了。丽说的话，开口、闭口都是她的欣欣，欣欣长、欣欣短，欣欣的吃喝拉撒、穿着爱好、学习成长。小艾很认真地听着丽的唠叨，她喜欢听，喜欢听欣欣的一切。她也知道丽带孩子的辛苦。有了孩子为人父母后，基本上就没有自我了。

玩累的欣欣，躺在丽怀里睡着了。时间不早了，小艾向丽告别，丽又叮嘱小艾："明天下午的约会，不要忘了啊。我看这男孩和你蛮般配的，好好把握，不要错过了。"

小艾点点头，说："我会好好把握的，给别人一次机会，也是给自己机会。"

夜晚的马路，安静地延伸，望不到尽头。皎洁的月亮清冷地洒着如水的光辉，零落的星星点缀在深蓝的天空中。马路边昏黄的路灯射出朦胧的灯光，无声地守护着夜行人。

在这静谧的夜晚，一种孤独感，爬满了小艾的全身。她想起日益年迈的父母，她悬而未决的终身大事，她对未来生活的茫然。这些，都隐隐地刺痛小艾的心房。

曾少鹏坐等了很久，依旧没有收到女友的只字片语。她怎么啦？难道发生了不测？不会的，曾少鹏摇了摇头，发生不测，警方会第一时间通知他。

楼层的保安来催，说关门的时间到了。原来，财险公司有规定，如果没有人提出晚上加班申请，那大楼到八点，一律断电断水锁门。

这次，因临近清明小长假，无一人提出加班申请，到点了，就要断电、断水、锁门，这是物业的规定，也是保安的职责。

曾少鹏第一次发现他是这样的脆弱，他在担心什么呢？李菲一个大活人，就消失了一个下午，没有音信，以至于让他如此不安和失落。或许，还有其他一些说不清、道不明的原因，连他自己也不甚明了。

他想喝酒，找个人喝，喝得醉醺醺的，听他说酒话：女友出差了，没有音信；他要结婚了，即将步入"围城"；他干副总一职多年，还是副的……他要一吐为快，把心中一些不为人知的秘密，全部吐出来，吐完了，他的不安、焦虑，也许就没有了。

他没有找人。他一个人去了酒吧。节日期间，每个人都有自己的安排，他不想打扰别人。去酒吧喝酒，那非后海酒吧一条街莫属了。曾少鹏常去，和同事、同学，还有李菲。

后海是什刹海的一部分，有着独特的酒吧文化。夜晚的后海，无比热闹，天一黑，一个个小酒吧的灯就亮起来了，里面的歌声，也渐渐向远处传播。这时，北京市内、市郊的人们都会来到这里，或喝酒，或听歌，或坐在河边乘凉，或来这里吃小吃。这里的任何一家小酒馆都很洁净，服务也周到，让人轻松自在，有一种回家的感觉。

在生活节奏紧张的现代都市，人们在工作忙碌之余，开始偏好这些富有传统韵味的酒吧，寻找所谓心灵深处的"宁静"。"非淡泊无以明志，非宁静无以致远。"纵使不喝酒，也能在特有的氛围里，感受酒的浪漫，彼此凝眸，可谓酒不醉人人自醉，一醉可消万古愁。

曾少鹏要了两扎啤酒，咕咚、咕咚，一下两杯啤酒下肚。由于喝得急，又是空腹，胃里顿时泛起阵阵"浪花"，连续打了两个很响的嗝，酒劲也渐渐往上涌。他不想真的喝醉，喝醉了，伤身、伤神，还伤心，还影响第二天的情绪。他喝醉过，很难受。

喝酒，最好喝到那种程度，将醉未醉，好比灯前看花，舟中看霞，月下看美人。感觉身体很轻，轻得像一片羽毛慢慢地飘起来，又或感觉身体变得很沉，沉向一片松软的草地。但头脑依旧清醒，借着酒劲，发酒疯，把想说又不敢说的话说出来，把想做又不敢做的事做出来。

他要寻找这样的感觉。只是这种感觉可遇不可求，就像寻找生命中的另一半。喝得少了，没有感觉，一不小心喝多了，就醉了。于是，他放慢了喝酒的速度，一边喝酒，一边听酒吧歌手吟唱。

这时，一位穿着性感、浓妆艳抹的女郎举着酒杯，款款地走到曾少鹏面前，对他说："一个人喝闷酒，多没意思啊。不邀请我喝上一杯？帅哥。"她神态矫揉造作，话语中充满了挑逗。

没等曾少鹏开口，她竟自顾自地坐了下来，还紧挨着曾少鹏，把杯中酒一饮而尽，然后，给自己倒了一杯，又把曾少鹏的酒杯满上了。娇柔的声音再次响起："这里的客人，都是来寻求放松的。帅哥，不要老是皱着眉，今朝有酒今朝醉，莫使金樽空对月哦。"说完，端起酒杯又一饮而尽。

曾少鹏常来酒吧，熟悉酒吧的规则，这是一位陪酒女，客人酒喝得多了，她提成也多。好吧，一个人喝酒，确实很闷，有酒，有美人，岂不是很好。他接过满杯的酒，也一饮而尽。

身旁的陪酒女，假装纯情地拍了一下手，说："帅哥，酒量不错啊。"说罢，又给他倒上一大杯，继续说："这样喝，缺些气氛，我们来划拳吧，谁输了，就罚酒。我叫露丝，你怎么称呼？"

曾少鹏又是几杯酒下肚，酒精起作用了，他感觉身体正渐渐变轻，话也多了一些。他鼓掌道："好，好，划拳，谁输，谁喝酒。不许耍赖。你叫露丝，我叫凯文。"曾少鹏知道，露丝不是她的真名，酒吧的陪酒女都有"艺名"。他也胡诌了一个名。

露丝可不管你叫什么，或做什么，来的都是客。她的目的是让客人多喝酒，而且要喝好，喝高兴，这样，她的提成就多了，说不定下回客人再来喝酒，还会点她来作陪。

喝酒，划拳，是酒吧陪酒女最重要的工作内容。陪酒，也不是人人都能胜任的，首先要会喝酒，还要注意谈吐、服饰、礼仪，还要会行酒令等。所以，入行之前，要培训，合格了，才能上岗。

曾少鹏哪里是她的对手，几轮下来，输多赢少，酒也喝了不少。他的大脑开始不受控制，眼前的露丝，成了幻影，一会儿是露丝，一会儿是李菲，一会儿是其他人模糊的身影，认不出是谁。他大着舌头的声音有些飘忽，断断续续地说："痛快、痛快。再来，喝酒，不许耍赖，喝。李菲，你在哪儿？怎么不回我电话？我真的很担心。没有，我不担心，你是大律师，用不着我担心。"

露丝见状，知道他不能再喝了，就从他手里拿下酒杯，说："凯文，你不能再喝了，咱回家吧，你住哪儿？我叫出租车送你回去。"

此时的曾少鹏，行为已经完全不受大脑控制了，他手舞足蹈地嚷嚷："谁说我、我不能喝了。我要喝，来，我们继续喝。凯、凯文是谁？我不要回家。李菲是谁？那子、子曰，又是谁？"

"好，好，我们不回家。把酒钱结了，我们继续喝酒。"

露丝协助曾少鹏结了酒钱，然后叫来一辆出租车。靠在露丝肩头的曾少鹏，被冷风一吹，喝下去的酒，翻江倒海似的喷涌而出，吐在了露丝身上，当然，他自己也未能幸免。

三

2012 年 4 月 2 日，清明小长假第一天

北京

曾少鹏吃力地睁开眼睛，映入眼帘的，是天花板上五彩的吊灯，还有洁白的墙、洁白的床单。这不是自己的住处。那他身在何处？他试着爬起身，只感觉头晕，乏力，口中干涩。

疑惑间，一位女子穿着睡衣从卫生间出来，笑吟吟地走到床边，对着一头雾水的曾少鹏，亲切地说："醒了，口渴了吧？来，喝点水。"她亲切的举动，就像是他的一位亲人，或是情人。

"你、你是谁？我不认识你，你怎么在我的房间？"

曾少鹏一阵惊吓，而且吓得不轻，似是责问。又掀开盖在身上的被子，一看，又一吓，他赤身裸体，一丝不挂。

"你、你对我做了什么？"他们之间发生了什么？这如何是好，他有未婚妻，他马上就是有家室的人了。

"忘了昨晚的事了？"女子问，语气里有逗他的意思。

"昨晚什么事？"他还是没想起来。

"真的什么都不记得了？想想，再仔细想想，我是谁？"她的一张粉脸凑近了他的脸。

此刻，曾少鹏已清醒了不少，他端详起眼前的这张脸，有点熟悉，又有点陌生，但肯定的是，他见过她。

她见他还在费力搜索，就笑着把昨晚之事，简单说了一下。

"昨晚你喝醉了，吐了我一身。问你住什么地方，你醉得连家门都不记得了。没办法，我就在附近酒店开了房。还好这家酒店的客房经理是我一位闺密。不然，你只能睡马路了。喝醉的你，太沉了，两个保安才把你背进房间。"

听她这么一说，曾少鹏彻底记起来了，她是露丝，酒吧的陪酒女。但现在的她，素面朝天，容颜干净清爽，与昨晚浓妆的她，竟然不像同一个人。想到昨晚自己的醉态，赤裸的身体，他脸上闪现一丝尴尬，歉意地说："让你受累了。"顿了顿，像想起了什么，又问："我们、我们没发生什么吧？"

露丝咯咯地笑起来，笑得前仰后合，一双桃花眼，故意露出一丝风情，挑逗地说："你希望我们发生点什么吗？"曾少鹏神情窘迫，一言不发，脸上写满了懊恼。

一个大男人，竟然这么不经逗，算了，不逗他了。露丝收住笑容，变得严肃起来，对他说："我是陪酒女，我的工作是陪酒，但陪酒不陪睡，这也是我们的职业操守。我有男人，还有孩子。请你不要误会我们的职业。昨晚我和我闺密一起，把你身上的衣服脱下，然后拿去酒店的洗衣房清洗了。你的衣服，还有你身上带的物件，等会儿客房服务人员会给你送来，一样都不会少的。"

"抱歉，露丝小姐。我、我没那么想。谢谢你为我做的一切。"曾少鹏尴尬极了。

露丝没说话，转身进了卫生间，不一会儿，衣着整齐地走出来，脸上化了妆，还喷了香水。她对躺在床上的曾少鹏说："我要走了，回家还能再睡会儿。晚上还要工作，你起来后，酒店的客房服务人员会送早餐来，我关照他们了。"她说话的语气，又好像她是他的亲人，或他的情人。

曾少鹏不知说什么好，赤裸的身体又不能动，只是连声说了几句"谢谢"，以表达他心中的谢意。

露丝走了，抛下了一句话："下次再到酒吧喝酒，记得来找我。"他目送她的身影离去，房间里留下一股淡淡的香水味，还有床头柜她的一张名片。

今宵酒醒何处？杨柳岸，晓风残月。此去经年，应是良辰好景虚设。便纵有千种风情，更与何人说？

宋代词人柳永《雨霖铃》里的这几句，倒是很应眼前的情景。曾少鹏叹了一口气，一阵睡意袭来，他翻了几个身，又沉沉地睡去了。

不知睡了多长时间，他被敲门声惊醒了，问是谁，说是酒店的客房服务人员。曾少鹏抽出赤裸的身体，在衣橱里拿了一件睡衣，穿在身上，开了房门。

客房服务人员送来了他的衣服，还有早餐，早餐是一份小米粥，一盒牛奶，一个鸡蛋，还有几样小菜。

露丝所做的这一切，再次让曾少鹏感动不已，他给名片上的电话发了一条短信："我一定要当面向你表示感谢。"但露丝没回复，一直没回复。

吃过酒店送来的早餐，他顿时感觉舒服了不少。

他拿起搁在床头柜上的手机，看了看时间，还不到 8 点。手机上有几个未接电话及多条信息。几个未接电话，是妈妈打来的。曾少鹏赶紧回了过去，妈妈焦急的声音从电话里传来："小鹏，昨晚你上哪儿了？打了几个电话，你都没接。给小菲打，她手机也关机了。你和小菲没发生什么事吧？有事一定要和爸妈说。千万不要让我们担心。"

或许，再大的人，在父母面前永远都是孩子。曾少鹏听到妈妈关切的声音，也像孩子似的，眼圈一红，眼泪在眼眶中打转。他顿了顿，回复道："妈，我和小菲很好。你和我爸就放一百个心吧。小菲出差了，去的地方有点远，估计那儿信号不好。昨晚我和朋友一块儿喝酒，喝多了，没听到您打来的电话。您和我爸在家好好的，要保重身体啊。等小菲出差回来，我们就回去看你们。"

"好的，好的，回来商量婚事，我和你爸就盼着那一天。你结婚了，我们的心愿也就了了。"

"对不起，妈妈，让您操心了。"曾少鹏有点自责，已过而立之年的他，还让年迈的父母担心。

"傻孩子，有什么对不起的。等你们结了婚，再生个宝宝，我们就帮着一起带，我和你爸的身体还行，带孩子一点问题都没有。你和李菲要好好的啊，我挂了。"妈妈乐呵呵地挂了电话。

出差的李菲，至今杳无音信，她好好的吗？

曾少鹏不再守着电话坐等李菲的消息了，他要主动出击，追寻女友的行踪。他翻寻手机上保存的通讯录，查看和女友有关的电话号码，一个名叫陈之寒的号码，跳入他眼帘。他认得他，是女友律所的合伙人。

多年前，他们吃过一次饭，那是女友组织的饭局，她约了几个客户，其中就有陈之寒。那时，女友仅仅是一家律所的律师，还没出来单干。一年后，女友和陈之寒合伙开了一家律所。当时投入的钱不够，曾少鹏还出了一些，女友说给他股份，曾少鹏坚决不要，支持女友的事业，他责无旁贷，义不容辞，拿股份成什么了。再说，他和女友有了利益关系，那他们之间的感情，就显得不那么纯粹了。

合伙人陈之寒应该知道女友李菲的行踪，说不定，还在一块儿呢。曾少鹏至今还记得，那次饭局上，陈之寒看李菲的眼神不对，目光中闪现着亮晶晶的东西。作为李菲的正牌男友，他自然要警惕一切他之外的、不良居心的眼神。虽然他对自己的魅力，有足够自信，也绝对相信女友对他的感情，但问问又何妨。

女友很坦诚，她说："别瞎想，人家早结婚有了孩子，如果真对我有什么非分之想，我也拦不住，但我可以断了他的念想。今晚叫你一起参加，也是这目的，让他知难而退。瞧瞧我李菲的男朋友，有才有模样。"

曾少鹏乐了，自此就把这个陈之寒给忽略掉了。今天翻通讯录，才又想起过往的一些片段。他竟然拨通了陈之寒的电话，这个举动，让他自己都觉得有些意外。他找女友行踪，找到了女友合伙人那里。

"陈总，您好，不好意思，大清早打搅。我是曾少鹏。"

"喂，你是谁？声音大点。啊？曾少鹏，想起来了，李菲的男朋友。

你大清早打电话。有什么事吗？"接电话的陈之寒，好像还没睡醒，语气里有一丝不快。

"陈总，是这样的，李菲昨天下午出差，但去了之后，至今没音信，一直联系不上，电话不通，信息不回。我有点担心。她出差前给我打电话，很急的样子，也没说清楚。我想，可能涉及客户的隐私，就不方便和我讲太多，所以我也没细问。她是一个人还是有同伴一起去的？"曾少鹏实话实问。

显然，他清醒了，电话里传来哈哈的笑声，还开起了玩笑，说："哈哈哈！老曾啊，你是担心李菲的安危，还是担心别的什么事？谁叫你守着如花似玉的美人那么多年却不着急娶回家。我和你说啊，我们所里的几个年轻小伙，都对李菲虎视眈眈啊。"

真是一个在火里，一个在水里，自己着急得要命，他还故意开玩笑，什么虎视眈眈，其中也包括他吧。

见曾少鹏没吭声，陈之寒收起了玩笑，接着说："老弟，李菲接手的案子，我了解一些，案子确实有些棘手。当事人指名要李菲去，一是希望案子早点结束，其次要完胜对方。当然，这也是我们所期望的结果。李菲去的地方，估计信号不好，别担心，法治社会，出不了什么事儿的。何况，你家李菲可不是省油的灯哦。你多虑了啊。"说完，又是几声"哈哈哈"的笑声。

陈之寒的一番说笑，暂时解了曾少鹏心头的郁结，他的心情也略微轻松了一些。是啊，法治社会，不会有事的。那就等李菲回信吧。他在床上又休憩了片刻，今天是小长假第一天，做些什么呢？突然，一个念头闪现，想起了苏州的"子曰"，对，就去苏州，仰慕已久的城市，一睹芳容，当然还有那个"子曰"。

想到，便马上行动。他给首都航空公司打电话，说要预订一张今天去上海的机票，不管时间多晚。客服人员行动迅速，几分钟后，回了电话，最早下午 3 点 15 分飞往上海的商务舱机票，经济舱已客满。

曾少鹏定好机票，便起身洗漱，完毕，退了酒店的客房。回到住处，开始整理行李，行李很简单，一个行李箱，几件替换衣服，还有剃须刀，这是必备的。虽然酒店会提供一次性剃须刀，但大部分男士基于习惯，都会带自己的。

男人出行，越简单越好。不像女的，不但衣服带好多身，还要配不同的包包，还有护肤品、化妆品。反正，一个旅行箱塞得满满的。

他仅带这几样，很快收拾好了行李，便给苏州的"子曰"，发了一条信息："在线吗？我来苏州了，估计晚上 9 点到达。"也给李菲发了信息："我去苏州了，后天回来。你信号恢复，及时给我电话。切记。"

苏州

王小艾一直睡到日上三竿才醒来。有网友形容"一觉睡到自然醒，数钱数到手抽筋"，估计这样的状态，应是很舒服的。是的，王小艾睡饱了。昨晚告别丽，回到家近十点，不困，又看了一会儿书，直到睡意爬上眼帘。

她并没有马上起床，而是习惯性地抓起搁在床头柜上的手机，一看，9 点 30 分，真是不早了，不过没关系，一个人，想怎样就怎样。她打开手机，把昨晚设置的静音模式，恢复到正常。

然后，慢悠悠地起床、洗漱，没吃早饭，因为没东西可吃。若是上班日，要赶公交车，她会在路边摊买一点，和大多数年轻人一样，一边吃，一边等，或者，在公交车上吃。今天放假，她要回家，也就没有准备吃的。

正收拾着，手机铃声响了，妈妈打来的。妈妈问："出门了吗？坐上公交车了吗？"小艾赶紧回答："出门了，在车站等车，公交车还没来。"

其实，她还没出门，只是不想让妈妈多话。

之前，每次休息日，她还在睡梦中，妈妈的电话就打来了，无非是一些当妈的絮叨，比如，天气凉，要多穿点衣服；早饭不能不吃，一个人也不能马虎；什么时候回来啊？妈妈烧了你最喜欢吃的红烧肉……说起来没完没了。妈妈和她的一番通话把她的觉彻底叫醒，想补个回笼觉，却再也睡不着了，然后，接下来的一整天都没精神。

经常这样，小艾受不了了。她向妈妈提意见，对妈妈说："妈妈，以后晚一点打电话，你那么早，我还没醒呢。我没睡够的话，看书的效果就不好，考试会不及格。"妈妈一听女儿考试要不及格，怕影响女儿的前途，便不再那么早打电话了。偶尔，有过一两次，电话刚响，就挂掉了。后来妈妈说，她起床后，做完了一大堆事，没看时间，以为那时蛮晚的了。

王小艾带了几样水果，还有前日买的蜂胶，回到家时，将近中午。饭菜已摆上了桌，都是她喜欢吃的，其中就有红烧肉。妈妈做的红烧肉特别好吃。一旁，还有打包好的一些菜。每次回家，妈妈都要特地多烧一些，让她带回家，放在冰箱里，要吃了，热一热，可以吃上几天。

饭后，王小艾抢着洗碗，爸爸不让，爸爸说："你有多久没回来了，陪你妈妈说说话吧。"小艾知道，妈妈又要和她聊妈妈最操心而自己最头痛的那件事——小艾的终身大事。

果然如此。或许天下父母都一样，操不完儿女的心。

"你一个人在外面，各方面都要注意。我和你爸只会种田，没有其他本事，也帮不了你什么忙。你好好工作，好好和同事相处，勤快点，不要让人家说闲话。还有，一个人吃饭不能马虎，早饭一定要吃，一顿都不能落下。"

妈妈说这些话时，眼里闪着泪光，小艾的眼圈也有些发红。

"妈，放心吧，我会好好工作、好好吃饭的。"

"好好吃饭了？今天早饭就没吃吧。"

"啊？妈，你怎么知道我早饭没吃？"小艾脱口而出。

"我是你妈，一把屎一把尿把你拉扯大的。你中午大口吃饭的那样，就看出你早饭没吃。"

"妈妈厉害。姜还是老的辣。"

"以后不许不吃早饭，顿顿都要吃。现在你不觉得有什么，等你到了妈这岁数就知道了。这儿不舒服，那儿不舒服的。妈年轻那会儿，要下农田，还要照顾你们兄妹俩。一忙，就错过饭点，有时，忙起来顾不上吃，一天只吃两顿。那时，大家都忙。我的胃病，也是这样落下的。还有咳嗽的毛病。你自己是医生，比妈懂，但很多年轻人明知道这个理儿，却仗着年轻，根本不当一回事。"

"妈，我下次不敢了，谨记您的话，饭顿顿吃，还要吃得好。"王小艾向妈妈撒起娇来，搂住妈妈的脖子，亲了一下。

"唉，妈最放心不下的，就是你的个人问题。"妈妈话锋一转，又转到女儿的婚姻大事了。

"我很好啊，个人没问题啊。"小艾打起了马虎眼。

"你知道妈指的是什么。我和你爸盼着你结婚生孩子，趁我们身体还行，可以给你带带孩子。你知道的，你哥结婚后，一直住丈母娘家，孩子也是你嫂子娘家带。我和你爸想孙子了，就去你嫂子家，可孙子和我们不亲哪。"妈妈的眼圈又红了。

"哦，妈，忘了和你说了，今天下午我要去相亲，丽介绍的。"

"啊？死丫头，怎么不早说，成心让你妈着急。那男孩做什么的？年纪多大了？父母做什么的？"妈妈连珠炮似的发问，倒把王小艾问住了。她支吾着说："我只知道和我是同行，年纪差不多大吧。其他的，丽没说。"

妈妈终于笑了，没再追问，又连声说："好，好，同行好，能聊到一起。只要你们谈得来，我和你爸没意见。"说完，很大声地朝还在洗碗的小艾爸喊道："小艾她爸，你过来，小艾要有对象了。"

小艾爸赶紧放下碗，走到母女俩身边，满脸笑容，问女儿："你妈说的是真的？"

"爸，八字还没一撇呢。"

"不管有一撇没一撇，见了面，好好谈。我和你妈对男孩没要求，人品要好，还有对我的女儿好，有这两点就行。不然，谁也别想娶我女儿。"

"还要对我父母好。"王小艾补充了一句。

"好，好，那敢情好。老话说得不错，女儿是父母的贴心小棉袄。嘿嘿。"听到女儿这样说，当爸的咧开嘴笑了。还有当妈的，也是如此，笑得嘴都合不拢了。

"那你快回去吧，打扮打扮，第一次见面，不要迟到了。下次回来，把男孩带回家，让我和你爸好好瞅瞅。"

妈妈一边催促女儿，一边把打包好的熟菜，装进女儿的挎包。看来，妈妈是个急性子。怎么不急呢，同村和小艾一样大的姑娘，早生孩子了，有的已生了二胎，老大都上幼儿园了。那清脆的童声，叽叽喳喳，像小麻雀，喊爷爷奶奶、外公外婆，她真是眼热得很呢。

王小艾听从妈妈的嘱咐，好好打扮。只不过，妈妈口中的好好打扮，也仅是衣服穿得鲜亮些，至于其他的，比如抹口红、画眉毛、描眼影、涂粉底，妈妈一概不懂。王小艾懂得，但骨子里深受父母影响，朴素惯了。也就是和人约会，或者参加好朋友的婚礼，衣服得体些，再修一下眉毛，抹两下口红，脸上扑点粉，仅此而已，这些不到十分钟就能搞定。

王小艾的妆容很淡，若有若无。

167

比如今天，就化了妆，仍然很淡，若有若无。乌黑的头发，简单扎成一束马尾，整齐的刘海下面，一双秀气的明眸，透出一股机灵。穿着方面，稍微动了一点小心思，上面一件白色V字领T恤衫，下身一条蓝黑色牛仔裤，外面一件米色中长风衣，风格简单、明快、休闲，给人感觉青春，富有活力。

王小艾刚到咖啡厅，丽的信息就来了："男孩在咖啡厅等你了，二楼208座。你到了没？等你好消息哦。"

"到了，媒婆，等我的好消息啊。"她一边回信息，一边迈腿上二楼。

208座的男孩，神情看上去有些局促，手不停地摆弄着桌上的水杯，又不时抬起头，朝楼梯口张望。

一位女孩的身影，出现在楼梯口，他认得，见过照片，对照片上的女孩有好感，并印在了心中。她本人比照片更为清秀。他紧张地站起身，不小心碰翻了水杯，一阵慌乱，忙不迭地扶起水杯，并用纸巾擦拭桌上的水渍。

王小艾上了二楼，向208座方向而来。

男孩很紧张，僵直的身子，立在位置一侧，目光有些飘忽，不敢正视迎面而来的女孩。王小艾走上前，大方地伸出右手，并微微一笑，自我介绍说："你好，我是王小艾。不好意思，让你久等了。"

"你、你好，我、我是徐昊，双人徐的徐，日天昊的昊。没、没久等，我、我也刚到。很高兴认识你。"他紧张地口吃起来。而且，只顾着说话，忘了和王小艾握手。

看着他局促的神情，王小艾心中不由得暗暗发笑，看来，他没谈过恋爱，还是一张白纸。或许，和她一样，没遇到合适、心仪的人吧。

"不请我坐下来吗？"她和他开起了玩笑。

"啊，请坐、请坐。"他反应过来了，拉开椅子，请王小艾落座，然后，他在王小艾的对面坐下。坐下后，一时不知道说什么，两个人陷入了片刻沉默。

王小艾也不说话，她是女的，总要男方主动些。她已表现得够主动的了，是她先自我介绍的，又是她先伸出的手。他呢，紧张得连握手都忘了，就这样理解吧。她不介意，不计较。

"你，喝点什么？"

他开口了，并把桌上的饮品单递给了王小艾。他再不开口，她就要待不住了。试想，一男一女，静坐在位置上，不说话，也不点单，场面冷清不说，还很尴尬。不知道缘由的，还以为两人在怄气呢。

"谢谢。"她接过饮品单，翻看起来。

徐昊趁王小艾翻看饮品单时，终于鼓足勇气，正面打量坐在对面的她。她一页一页很认真地翻看，举手投足间，尽显温柔气质。轻微上扬的嘴角，笑意犹如皓月。他感到有一股清新的芬芳，在208座四周悄然散开，慢慢蔓延，沁入他的细胞、神经。原来，缘分就这么奇妙，只见一面，他的心，就被她捕获了。

窗外，一缕阳光，斜斜地照在她身上，好像给她镶了一圈金色的光环。她恬静地坐着，若有所思，然后，抬起头来，对徐昊说："一杯橙汁。谢谢。"

此刻的徐昊，已完全没有刚才的紧张，毕竟工作多年了，接触的人，也不计其数，而且什么样的人都有，早练就了他从容不迫有条不紊的处事态度。只是，今日的他，突然面对心动的女孩，出现一时慌乱，也在情理之中。

"两杯橙汁、一份水果、一份蛋糕。"他朝站在身边的服务员说。随即，打开了话匣子，滔滔不绝地讲他从业以来，遇到的一些趣事和"囧"事。

他说："大三那年，去医院肾内科见习，一群同学，在一位尿毒症病人身上，一个个地在他的心肺区、两肾区、腹部进行叩诊。这是一位老患者，早习惯了这种活体标本试验的场景，对治疗他的医生，敢怒不敢言，但对见习的学生，那就要看他的心情了。那次，在众目睽睽之下，有一位学生小心地在他身上的几个部位叩诊，谁知这位患者一脸不屑地说：'你敲的那是肾区吗？那是阑尾区。'围观的同学一阵哄笑，弄得那位学生十分尴尬。久病成医，这句话还是有道理的。"

"是的，我们实习的时候，也碰到过类似的情况，那些患者，为了我们实践能力的提升，暴露身体上的隐私，还耐心配合，确实很不容易。"

"说得很对，要感谢他们。"

"大四那年，在急诊科实习。"徐昊继续说道，"那晚跟着老师值班，晚上9点多，一位昏迷的病人被送来，当时瞳孔一大一小，这是脑疝的信号，非常危险。我负责观察瞳孔变化，老师边抢救边问我瞳孔，我说一边大一边小。几分钟后，老师又问瞳孔，我说还是。接下来，我不等老师问，随时汇报瞳孔情况，我重复说一边大一边小，过了一会儿又说，不是了，是一般大了，都大了。引得抢救的老师哈哈大笑，也差一点导致心急如焚的家属投诉。"

说到这儿，徐昊笑出了声，可能是当时的场景确实很有趣。

王小艾也笑了笑，她是配合徐昊的笑，说白一点，她的笑，仅仅是礼节性的笑。因为在她听来，他说的那些趣事，或"囧"事，并不好笑。但讲故事的人笑了，听众不笑，那讲故事者会多无趣，多无成就感。

"记得在儿科实习，也有一件事，至今记忆犹新。"王小艾说。

"有一个小孩要手术，手术签字前，我们千叮咛万嘱咐家属，六个小时内不要吃饭，四个小时内不要喝水，结果一到手术，我们麻醉医师问孩子吃饭没，家属说没吃饭，但随后家属说吃了面。我们说，不是交代了不要吃饭嘛。家属说，对啊，我们没让他吃饭呀，我们吃的是面呀。唉，只得把孩子又推回了病房，改天手术了。"

徐昊听完哈哈大笑，是捧腹大笑。看他的样子，不是配合的笑，而是真心感觉很好笑。估计，他的笑点有点低，不是一般的低。

王小艾看他笑的样子，也不禁掩嘴而笑，发出哧哧的笑声。

两人又说了一些话，但大都是徐昊在说，说他的小时候，说他小学至大学的一些事。他滔滔不绝地说，有一点啰唆。他觉得对面坐着的，好像是很早就认识的人，或许，是他前世的朋友、知己、恋人。其实，生活中的他，有点内向，话不多。可不知怎么回事，见了她，似乎有说不完的话，这些话，只想对她说。

时间过得很快，一眨眼工夫，便到了傍晚。落日的余晖，漫不经心地洒在窗玻璃上，穿过薄纱，变得朦胧而迷离。抬眼望，一轮夕阳，尽绽光芒，在不经意间，无声地记录此刻的温馨和美好，用它柔和的光，在天空镌刻下生命中漏去的记忆，填补未来的空白。

"不早了，我要回家了。"

王小艾说。她望着窗外的夕阳，一点一点沉落，夜色逐渐弥漫开来。

"啊？天黑了。这么快。"他还有许多话没说完呢，他不想放她走，于是，他又说道，"一起吃晚饭吧，然后去看电影。"

"谢谢你，徐昊，下次吧，我晚上有事。"其实，她晚上没有事，她是在推托，她是要好好想想，再问问自己内心，对他的感觉。至少，从目前来看，她对他的谈吐、举止是满意的。

"好吧，小艾，让我送你回家吧。"他说。

"不用了，我家就在附近，你也早点回去吧。"她再次婉拒了他的好意。

"好吧，那我们下次见。"他不无遗憾地说，心里在想，她拒绝我了吗？

此时，热心的丽又发来了短信："怎么样？男孩子蛮好的吧？不要错过哦。"

王小艾看着信息，望了徐昊一眼，莞尔一笑，回复道："知道了，您费心了。"她立起身，告别了徐昊，倩丽的身影，在徐昊的视线中渐渐消失。

徐昊买完单，给他姐打了个电话，表明了他的态度，说他喜欢王小艾，要他姐问问对方的意思，看她对他什么感觉。

他姐说，我的傻弟弟，现在什么时代了，哪有介绍人问的。介绍人只是给你们搭建相识的平台。难不成还要介绍人教你怎么谈恋爱怎么追女孩吗？你喜欢，就向女孩表白，追她，使劲地追。她说是这样说，但徐昊是自己的亲弟弟，她当然要过问。

她马上打电话问丽，丽说了两个字"有戏"。至于戏怎么唱下去，那还得看男孩怎么唱了。她又电话给她弟，说了四个字"喜欢就追"。

王小艾告别徐昊后，顺路去了超市，买了些生活用品，还有速冻食品。

明天休息，她不准备出门了，专心在家写论文。饿了，煮速冻的饺子，还有妈妈给她打包的红烧肉，饺子就着红烧肉吃，也算美餐一顿。

从超市里出来，夜幕已降临，城市的街灯，一盏盏亮起，映照着喧闹的街道。大街纵横交错，如编如织，小巷七扭八拐，似筋似络，街灯便走街串巷，交相辉映，满目尽是灯花怒放。

王小艾想起了中学时学过的郭沫若的诗歌《天上的街市》："远远的街灯明了，好像闪着无数的明星。天上的明星现了，好像点着无数的街灯。"那缥缈的空中，定然也有美丽的街市，应是和苏州的城市一样美。

刚到家，徐昊的信息就来了。

"小艾，你好，我是徐昊，请允许我叫你的名字。今天虽然第一次见你，可我的感觉，好像早就熟识你似的，我从来没有过这样的感觉，这

172

感觉很美妙。其实，看到你照片时，我就心动了，今天见了面，更加确认了，你就是我一直等待的女孩。我喜欢你，小艾，我们交往吧。今天你也累了，晚上早点休息。期盼再见到你！等你有空约。"

看完信息，王小艾心中一动，被人惦记的感觉，很是温暖。当然，这人是她所喜欢的，或者，至少不讨厌。

王小艾今天的晚餐，有些丰富，这归功于妈妈给她打包的菜，有红烧肉，油爆虾，还有素鸡，这些都是成品，只要加热一下，就能吃。她没煮饺子，淘了米，蒸成米饭，米饭的量足够她明天一天吃。

吃完晚饭，洗碗，洗锅，还清洗了厨房台面，因偶尔烧饭，瓷砖台面不太油腻，半个多小时就搞定了。她又收拾了一下房间，房间里的东西有些凌乱，主要是换洗的衣服被随意地扔在了沙发上。她一件一件归类，叠好，然后放到衣橱里。还有堆放的一些书和杂志，她把要看和正在看的，挪到了电脑桌上，看完和不看的，放进了小书橱，小书橱的书，挨挨挤挤地摞在一起，都快堆成山了。

她不是个勤快的人，或许是一个人生活，懒散惯了，有时一周收拾一下屋子，有时更长。反正一个人，没人说，只要自己看得过去就行了。

收拾好屋子，坐到电脑桌前时，已是晚上9点多了。她打开桌上的电脑，先看了一下邮箱，这是每天必看，里面有几封邮件，是医学杂志社约稿的，还有些是广告邮件。有兴致时，她会逐一打开看看，再礼节性地回复一下，但大多时候，都是看一下标题，不看正文，直接跳过。

今天的邮箱，依旧没有她想看到的。她在等之前投稿的一篇论文结果，一个月前投的，至今没收到杂志社的录用通知。当时投稿时，收到杂志社设置的自动回复留言，如两个月内未收到录用通知，请转投他刊。还差十天，就满两个月了，如果没录用，那也只能另投他刊了。

看完邮件，王小艾准备写论文。她所在的社区卫生所，出台了绩效考核有关文件，文件中有一条，就是对职工撰写论文的要求，和工龄有关。不满十年的，一年两篇；十年以上、三十年以下的，一年一篇，三十年以上，论文不作要求。这是硬性规定，完不成的，全年的绩效奖就打折扣。

写论文不易，写一篇好论文更不易。论文不能瞎写，也不能像小说一样虚构。写出来了，还取决于医学杂志方是否认可。不录用，或修改，或重写，再或者，推翻原先选题，另立选题而写。

王小艾一年两篇论文，不折不扣完成，而且所写的论文，都有一定的高度。论文质量的高低，自然和作者本人的学识、经验和态度有关。也有年轻同事，持无所谓态度，不就是少拿一点钱嘛，反正，也不差这一点。写论文，费时费力，还劳心劳神，犯不着，还不如轻松自在一点，吃吃喝喝，游山玩水。

就在王小艾准备动笔之际，看到了"坐看云起"发来的信息："在线吗？我来苏州了，估计晚上9点到达。"

啊？真来苏州了。

看到信息的王小艾，颇为意外，也有一点吃惊，再一看时间，近10点了。那他此时应该在苏州某个酒店了。于是，赶紧回信息询问："到苏州了吗？在什么地方？"

确实，如他所说，9点左右到的，精确说，9点30分入住酒店。到了酒店，他第一件事就是洗澡。坐飞机从北京到上海，在上海坐地铁到苏州，再打车到酒店，一路辗转，风尘仆仆。

酒店是出发前在网上预订的，订酒店时，因了唐朝诗人张继那首闻名天下的诗：

　　月落乌啼霜满天，

江枫渔火对愁眠。

姑苏城外寒山寺，

夜半钟声到客船。

　　于是，从小向往姑苏，向往寒山寺的他选了邻近寒山寺，又毗邻大运河的酒店。打开房间的长窗，举目俯瞰，运河两岸五彩缤纷，灯光明媚，倒映在水里的灯光，就像无数的美人鱼在游动。

　　河中不时有航船驶过，微波的河面顿时激情地荡漾起来，在灯光的照耀下，波光粼粼，赏心悦目。偶尔的汽笛声，划破了寂静的苏州城上空。运河上的枫桥，犹如"彩虹"横空连接两岸。两岸种满了婀娜多姿的垂柳，在霓虹灯的照耀下，像是披上了五彩的霞衣。

　　此情此景，美不胜收，风姿绰约。或许，姑苏，就是一位从唐朝走来的女子，娉婷婀娜，秀美清雅。

　　曾少鹏深深地吸了一口气，那凉爽的风，夹杂着河水和花朵的清香，吹拂在脸上，沁人心脾。这是苏州的味道吗？他很想吟诗一首，但千言万语汇成了一句："苏州，我来了。"

　　上床前，曾少鹏打开电脑准备搜索明天的出行线路时，收到了"子曰"的信息。本来还有些担心，他的突然造访，会不会惊扰她，或者人家不想见他，又或者忙于其他而无暇顾及他。

　　欣喜同时，赶忙回复："我到了，在酒店了。"

　　一条信息发出，又是一条信息，他把酒店地址和手机号发给了"子曰"。

　　没多久，手机铃声响起，陌生来电，估计是"子曰"打来的。果然，电话中传来女子甜美的声音："您好，我是王小艾，欢迎来苏！怎么称呼您？还是继续叫您的网名吗？"

曾少鹏笑了笑说："哈哈，抱歉、抱歉。抱歉一，没先和您招呼，就突然到来，惊扰了。抱歉二，没以真名示人，我叫曾少鹏，曾国藩的曾，年少有为的少，鹏程万里的鹏。请多关照。"

　　王小艾一听也乐了，他把他的姓和名，解得不但顺溜，字意也好，或许之前和别人也这样拆分解释过，所以张口就来。

　　"欢迎，曾少鹏。今天累了吧，早点睡，明天的行程我来安排。我大概8点到您酒店。晚安！"

　　"晚安！明天辛苦您了！"

　　睡到床上的曾少鹏，没有一丝睡意，有初来苏的兴奋，还有对女友李菲安危的担忧。他又给李菲打了几个电话，仍旧没人接听，发的信息，继续石沉大海。

　　担忧和兴奋，两种复杂的情绪，夹杂一起，萦绕心头。辗转反侧中，还想象明天和王小艾相见的画面。她应是和她的声音一样柔美。

　　王小艾也有些兴奋，网上相聊的"网友"，要从线上走到线下了。之前，和其他人也聊过，聊聊，就不聊了，也有人提出要见见，但被王小艾拒绝了。拒绝的原因，就是警惕一些不法分子，对涉世未深的女孩行为不轨。这样的例子，在新闻上看到过，一些女孩因网络交友不慎，见面后被劫财、劫色。

　　不知道他究竟是怎样一个人。明天，就要见到他的庐山真面目了。曾少鹏的突然到来，确实令王小艾猝不及防。之前，她热情邀请他来苏游玩，还许诺全程免费陪同，说出去的话，如泼出去的水，可不能收回。

　　要领略苏州风貌，行程上要好好规划。明天一天，就从曾少鹏酒店附近景点开始游览，先游寒山寺，然后北上虎丘，再往东去拙政园，最后南下盘门三景。

　　规划好行程，还准备了一些外出游览用品，比如酒精、创可贴、防晒霜及拍照的相机。又上网查了明天的天气，多云，最低温度10℃，最高温度18℃，东北风，风力4—5级。

天气不错，适宜出游。

四

2012年4月3日，清明小长假第二天

王小艾还在睡梦中，就被闹铃叫醒了。她睁开惺忪的双眼，一只手摸索着按掉了手机铃声，看了看时间，再望了望窗外的天色，没有马上起床，而是伸了一个大大的懒腰，又闭上眼睛，眯了一会儿。

眯了大概四五分钟，王小艾一跃而起，然后一系列迅速的动作，迅速穿衣，迅速漱口洗脸，迅速化了个淡妆，迅速吃了点早饭，早饭是昨天在超市买的牛奶和面包。这一系列动作所花的时间，加在一起，没超过半小时。然后，背起黑色双肩包，打了个车，赶往曾少鹏住的酒店。

今天的王小艾，上身穿了一件白色连帽衫，帽衫左前胸绣有一枚蓝色机器猫卡通图案，配蓝褐色牛仔裤，脚上一双白色运动鞋。披肩的散发，用牛皮筋束成了一条马尾。一身休闲装扮，透出干练、利落、活泼，又不失浪漫的个性。

到达酒店时，离约定的8点还有一段时间。王小艾没打电话，也没发信息给曾少鹏。昨晚讲好的，8点在酒店门口见。等待中的她，有点紧张，还有一点不安，更多的，是想象着彼此见了，对方会是什么反应。

因时间尚早，酒店里进进出出的人不多。这时，从酒店门口走出一位三十岁左右的男子，也是一身休闲装扮。上面一件白色T恤，没有图案，纯白色。下身蓝褐色裤子，不是牛仔裤，是宽松的休闲裤。腰间系着一只黑色小包。他的装扮，还有颜色搭配，倒是和王小艾的穿着如出一辙。

他站在酒店的大门口，四下张望，像是在找人，或等人。立在门口一侧的一棵茂盛大树底下的王小艾，凭直觉认为他就是她要见的人。于是，快走几步，现身在他的面前。

她笑意盈盈，带点调侃的语气，和他打起了招呼："曾少鹏吧，你好，我是王小艾。终于见到真人了。"其实，她的心，在怦怦狂跳。试想，一个单身女孩，初见远道而来的网友，而且，和那网友，前后只聊了三天，对对方又一无所知，常说防人之心不可无，她怎么能不紧张、不慌张呢？

曾少鹏在张望时，只见一位女孩现身在他面前，面前的她，笑意盈盈，温婉可人，和他心中想象的模样，不差分毫。再一看，她的穿着，和自己的穿着，竟是同一色系，又是相似的款式，就像是情侣装。不明就里之人，真的会认为两人是情侣。他笑了。

他像是见到了久未谋面的老朋友，竟然开起了玩笑："哈，王小艾，小艾，你好，非常荣幸，终于见到了，可亲可爱的苏州'热心市民'。"他伸出双手，握住了王小艾的右手。

然后，又说："我的突然造访，没把你吓坏吧？不好意思啊，没提前和你打招呼，我也是临时产生了来苏的念头。就这样，我来了。哈哈哈。"

王小艾抽回了她的右手，有些害羞，腼腆地说："没有啦，很高兴，欢迎你。"说完，又补充了一句："苏州，欢迎你。"

"谢谢、谢谢。今天，我就把自己交给你了，任凭你带我上刀山还是下油锅，我没有半个不字。你说东，我不往西，你说南，我绝不向北。"

"啊？我有这么可怕？我好像成了法西斯。"她也笑了。

"不是法西斯，是邻家小妹妹。用你们苏州话讲，叫'小娘鱼'。"

"知道得不少啊，连'小娘鱼'都知道。厉害厉害。还知道什么了？"

"哈哈，露馅儿了，程咬金的三斧头，我只会一斧头。"

两人边说话，边步行到了寒山寺景点。王小艾把今天的行程计划，向曾少鹏简单地介绍了一下。又在景区门口的一个小吃摊点，买了一份早餐，是几样具有苏州风味的小吃，一小碗糖粥、一小杯豆腐花、一客汤包。

她也不顾曾少鹏吃得惯，还是吃不惯，没征询他的意见，就点了这些。王小艾有她的道理，外出旅行，到达某一个城市或某一个景区，除了欣赏城市风光或景点的美景之外，还要品尝当地的美食。美景和美食融合在一起，才能真正领略一个地方的风土人情。

"点了这么多，我吃得了吗？"曾少鹏说。

"这些都是我们苏州的特色小吃，你尝尝。"

说起来，曾少鹏是正宗南方人，虽然离开家乡到北京有十多年了，但从小养成的福建泉州饮食习惯，不是说改变就能改变的。

南方人饮食的一大特点，就是喜"甜"，但各地的甜度，也是不尽相同的。有微甜、中甜、特甜，还有清甜、酸甜、腻甜。因此，各地的吃食各具特色。

曾少鹏吃得很欢，边吃还边点评。他说："糖粥甜而不腻，软糯顺滑，吃到嘴里，甜到心坎；豆腐花，清咸爽滑，入口即化，有一股豆子浓厚的醇香；汤包，尤其好吃，还好看，外皮薄如轻纱，晶莹透亮，褶纹清晰，一口咬下去，汤汁多，又鲜美不腻。太好吃了。"

王小艾笑了，笑得更欢。他吃点东西，还说出这么一大堆的好话，真是难为他了。

今天是清明小长假第二天，寒山寺景区已然是车水马龙、人流如潮。旅游大巴车、私家车，鱼贯而入。维持秩序的交警，也早早上岗，指挥车辆有序出入。寒山寺因张继的《枫桥夜泊》一诗，闻名遐迩。也因此，游人如织，络绎不绝。

寒山寺外，十丈红尘，一片繁华。寒山寺钟声，声声入耳，寺门前的一座石拱桥，石面洁白似雪，俯卧运河碧波之上，桥下船只往来，不时响起汽笛声。迈步上枫桥，临风倚栏，极目四望，唐朝的客船早不见踪影，取而代之的，是一艘艘货物运输船，在京杭大运河往返穿梭。岸边浪花飞溅，涛声阵阵，垂柳依依，映衬一泓清水。

寒山寺，我不远千里寻来，原来，你真的在张继的诗中，在游人的心里，传唱了千年。

被誉为吴中第一名胜的虎丘，位于苏州古城西北。苏东坡曾为虎丘写下"过姑苏不游虎丘，不谒闾丘，乃二欠事"的千古名言。就此，苏轼的话，成了虎丘的代名词，也可见它景致的俊秀，非同一般。

仰望古塔，凉风徐徐，叫人心旷神怡。曾少鹏赞叹前人巧夺天工技艺的同时，更对苏州悠久的历史、深厚的文化底蕴，产生了浓厚的兴趣。

一方水土养一方人，眼前的王小艾，她的举手投足、一言一行，就像悠悠的唐诗宋词及唐诗宋词里的江南女子，无不透出温和与婉约、善良和秀美的气韵。

游完虎丘，早过了午饭时间。王小艾因早饭吃得早，此时已是饥肠辘辘。来苏游玩，除了品尝特色小吃，还要吃十大菜系之一的苏州本帮菜（以下称苏帮菜），这是必不可少的。

位于观前步行街的松鹤楼，素负盛名，是苏帮菜的代表。吃饭时分，等候的客人排起了长队，来吃饭的，大都是游客，也是冲着苏帮菜而来。他们也这样想，到了苏州，不吃苏帮菜，实乃人生憾事。

终于，等到了两人的座位。王小艾当仁不让，极尽地主之谊，点了松鼠鳜鱼、滑炒虾仁、响油鳝糊。这三道菜也是苏帮菜代表中的代表，游客来苏都必定会点。

两人轻松、愉快地边聊边吃，早已没有刚见面时的局促和紧张了。

他们什么都聊，但主要聊吃的。想想也是，吃饭时，自然是聊吃的了。还有，两人既不是情侣，又不能算朋友，聊其他的，或许会无意中触及对方的隐私，那就尴尬了。所以，两人都刻意回避谈个人的话题，比如婚姻、家庭、孩子。

曾少鹏聊他的家乡菜，还有北京菜。他说："我这人好养活，不挑食，不忌口，什么都吃，什么口味的都能吃。我妈说我是吃货，甜中意、咸喜欢、辣不怕。我虽然什么口味都吃，但有最爱的，就是自小吃大的泉州菜。我们家乡的菜，也偏甜，是甜中带糯，糯而不腻的甜，和现在吃的苏帮菜，那甜度、甜味，是略有差别的。谈不上哪个更好吃，应该是各有千秋。在北京待得时间长了，逐渐爱上了北京菜。北京菜的口味，与苏帮菜，还有我家乡菜，完全不同。它不仅融合了汉、蒙、满、回等民族的烹饪技艺，还吸取了全国主要地区的饮食特色，又继承了明清宫廷菜的精华。菜肴种类繁多，烹饪方法多样，大致可以概括为'爆烤涮炒煮燎炸，焖蒸烧烩溜煎扒'，每一种方法，又包括不同特色的烹调方法。口味以淡咸为主，兼有'清、香、鲜、脆、嫩'的特色。集众家所长，就形成了现在北京菜的风格和特点。"

"真是美食家啊。"

王小艾由衷地说。她不懂这些，也不讲究吃，平时面、馄饨是她的家常便饭。工作日午餐，是单位统一订的盒饭，味道也就那样，好吃多吃点，不好吃，就少吃点。她倒真是不挑食，单位的盒饭，很少有剩下的，但有时也会换换口味，不吃单位提供的盒饭，去附近吃一碗馄饨，或者一碗苏式面条，也是十分美味。至于外乡人口中的苏帮菜，她或许一直吃，也就不觉得特别好吃了。就拿点的松鼠鳜鱼来讲，平时也常吃，比如喜酒、满月酒、老人的寿酒，再或者，同事、同学聚餐的餐桌上，这道菜也是有的。她最喜欢吃的，还是妈妈做的红烧肉。说起红烧肉，冰箱里还有呢。昨天，妈妈给她打包了一大碗。

"哈哈。我是吃货，不敢称美食家。现在人们口中的吃，是一种学问，一种文化，一门学科了。"

"你学过烹饪？"

"买了烹饪书，空时学做几个菜。主要是喜欢吃，也不可能天天下馆子。学会了，以后做给老婆和孩子吃，还有父母。"说起老婆，曾少鹏想到了没音信的李菲，心头不禁又掠过一丝不安。

王小艾感到有些惭愧，她一个女孩家家的，从没想过要学烹饪，更没想过要做给未来的他和孩子吃，也没有想到烧给父母吃。他一个大男人，竟然有这种想法和境界，不知道哪位幸运女孩成为他的另一半，但又不便问。

"向你学习，空了，学烧菜，学会了，做给他和孩子吃。"她没好意思说老公或爱人。她和他不同，她的那个他，还不知道在哪儿呢。

两人的这一对答，明眼人都听得出来，彼此都没结婚，至于有没有结婚对象，那就不得而知了。这自然又不便问。

这时，王小艾手机响了，一看来电号码，是妈妈打来的。她看了看曾少鹏，说："抱歉，我接个电话。"

"没事，你接。要我回避吗？"

"不用，我妈妈打来的。不妨碍你吃饭就行。"

"不妨碍，不妨碍。我吃饭，你接电话。"

王小艾接电话，喊了一声妈妈，并问妈妈有没有吃饭。

妈妈说："我和你爸早吃过了。怎么你还没吃吗？昨天你向妈妈保证要好好吃饭的，今天就不算数了？"

"算数的。妈，我现在正在吃。"说着，夹了一块鱼肉，放进嘴里，故意弄出咀嚼的声音，"听到了吗？我在吃好吃的。"

“好的，小艾，你要多吃点，就是吃得晚了，下次要准点吃。”

“我知道了，妈妈。有事吗？”

“你旁边有人说话的声音，和谁一起吃饭了？是昨天约会的对象吗？蛮好，多接触，多了解。劳动节把男孩带回来给妈妈看看。”

“妈，不是的，和同学一起呢。”王小艾说这话时，脸上一红，看了看闷头吃饭的曾少鹏。

“男同学还是女同学啊？”

“妈，不要瞎想，是女同学。”

“那昨天见面的男孩呢？谈崩了？”

显然妈妈着急了。听到妈妈急切的语气，王小艾赶紧说：“没有，妈妈。谈得蛮好。他约我了，约明天看电影。没其他事，我挂了。”

“好、好，挂吧、挂吧。妈妈再唠叨一句，我说的话，要放在心上啊。”

看来，妈妈此番电话，就是来打探女儿昨天约会的情况的，现在听到说谈得蛮好。她便放心了。

王小艾挂了妈妈电话，脸颊微红还未褪去，害羞地冲曾少鹏笑了笑，说：“我妈妈真啰唆。”心想，刚才敷衍妈妈的话，还有撒的谎，都被他听了去。

他当然听到了，又不是聋子，虽然她通话时，为避免影响别人，压低了声音，但近在咫尺的他，她说的话，听得句句真切。他心下暗暗好笑。但装作像没听见似的，笑着附和道：“估计当妈的都一样。我妈每次来电话，也是问这问那，吃饭了吗？衣服穿暖了吗？和人相处得怎样啊？嗐，当我是三岁小孩呢。”顿了顿，补充了一句，说：“也只有当妈的，才会事无巨细地操心她的子女。”

“是的。有时候觉得惭愧呢，这么大了，还让妈妈操心。”

“那我们就尽量听妈妈的话，做个好孩子。”

两人都笑了。

"在苏州逗留几天？"王小艾问。

"三天假期，今天第二天，看情况吧。苏州这么美，我有点乐不思蜀了。明天我一个人随意逛逛，你不用陪我了，你该干吗就干吗。不好意思啊，今天你又花时间，又花钱陪我，还占用了你和别人约会的时间。"

果然，她和妈妈电话中的一些话，被他听了去。王小艾脸上又是一红，说："我说过，你来苏，我全程陪同，尽地主之谊。我被你称为苏州'热心市民'，可不能辜负这美名。"

"哈哈。最美的'热心市民'。苏州景美、水美，人更美。我喜欢这座城市，说不定未来的我，就来苏州发展了。"

"好啊。热烈欢迎！"

一顿饭的工夫，彼此又了解了不少。吃完饭，两人在观前步行街走了一圈。苏州是闻名的旅游城市，就如曾少鹏所言，苏州景美、水美、人美，因此，国内外游客纷纷前来观光。也因此，每到假期，苏州的各大景点，人流如潮。

观前街也是如此，来到此的，大都是吃饭或购物的。游客到苏一游，除了品尝苏州特色美食外，还带一两件苏州标识的物品给亲朋好友。观前街汇聚了具有苏州特色的各大商店，比如丝绸、苏绣、核雕、檀木等。

两人从观前街出来，经临顿路，步行十多分钟时间，就到了园林之母拙政园。拙政园以水池为中心，亭台楼榭皆临水而建，有的亭榭则直出水中。园林精美秀巧，亭台楼阁飞檐俏丽，回廊曲径通幽，池水清澈剔透，树木苍翠，群花点缀，隐射了古人宁静致远、淡泊名利的闲情雅致。

曾少鹏置身于"采菊东篱下，悠然见南山"的那种宁静致远意境中，不觉吟起了元代诗人谭惟则的诗：

鸟啼花落屋西东，柏子烟青芋火红。

人道我居城市里，我疑身在万山中。

王小艾长这么大，还从没有单独和异性一道外出游玩。大学期间，有和男同学结伴旅行，但同行的，至少四五人。这次，和从线上走到线下的网友出行，也是够大胆的了。上午的她，比较拘谨，说话不多。曾少鹏话很多，赞美苏州的话，张口就来，还结合唐诗宋词，赞叹不断，感慨万千。如果稍加整理，就可成篇了。

或许真如"一回生、二回熟、三回四回成朋友"那句话，下午的王小艾，像换了个人似的，彻底卸下了戒备和矜持。她活泼起来了，闲话多，还喋喋不休，讲园林，讲山水，讲人文，讲历史。她知道的，都和他说。其实，生活中的她，比较宅，很少逛园林、逛商场，有远道而来的同学、亲戚，她推不了的，就尽地主之谊，陪同吃、玩。

她还拍了不少照片，人景合一的照片。给曾少鹏拍照时，她像一只欢快的小白兔，或躬身，或俯卧，或登高，按下相机快门，留下曾少鹏的千姿百态，或站、或蹲、或倚、或坐，什么姿势的都有。曾少鹏从小到大，所留下的照片，加起来，恐怕都没有此时拍的多。

他由着王小艾拍，按照她的口令，做各种表情，不折不扣摆拍，扮酷、严肃、怪异、搞笑、高冷……他说了，在她的地盘，她说东，他不敢往西，她说南，他绝不向北。当然，这是玩笑话。他乐意听她的口令，听她带有吴语口音、软糯的、甜甜的普通话，看她脸上绽放的明媚微笑，看她活泼的身影，带着他在花丛中、水池边、假山旁，驻足、留影。

两人还合了影，曾少鹏提的建议，请游客帮忙。游客二话没说，很乐意，在一处桃花盛开的桃树林中，留下了他俩唯一的一张合影。画面十分唯美。红花、绿叶，配两人白色的衣衫。一阵微风吹过，飘落的桃花，也定格在那瞬间了。游客拍完，还赞了一句："一对玉人。"

王小艾满脸绯红，应验了"人面桃花相映红"那句诗。她想张口解释，曾少鹏拉了拉她的手，摇摇头，意思是不用解释，或许也解释不清，反而引起误会。

不知不觉，天色渐黑，在匆匆游览中，结束了拙政园之旅。流连，不能忘返，或多或少留下一丝遗憾。也许就是那点遗憾、那份流连，在岁月的长河中，沉淀、发酵、升华，成为永久的记忆及心中永远浪漫的风景。

就像王小艾行程规划的最后一站，盘门景区，就是盘门、吴门桥和瑞光塔三个景点，也称盘门三景，因时间太晚，景区夜间暂不开放，只能明天再游了。计划往往赶不上变化，就算规划得很好，也会因这样那样的原因，遗憾错过，成为记忆中的风景。

明天是小长假最后一天，王小艾要在卫生所值班。虽然曾少鹏说，他明天一人自由行，她不用作陪。但她也说了，他在苏的几天，她会全程陪同，她要信守她的承诺。所以，她要和同事商量，明天调个班。

她在稍微僻静的地方，给同事打电话，打开手机时，看到了手机上两个未接电话，还有一条短信。电话是徐昊打来的，信息也是他发的，信息内容是这样的："小艾，你好，我是徐昊，打了几个电话，你都没接，估计你在忙。今晚有时间吗？我们一起吃饭。等你的回音。切盼。"

短信时间显示是 15 点 45 分，而现在已是晚上 6 点多了。在这三个小时里，想必他等急了，急坏了。他或许想，女孩没看上他，只见一面，就被她秒杀了？又或许想，估计她在忙，忙得顾不上接电话回信息？或许还会想，她外出了，外出的地方信号不好，她没听见？

她得赶紧给他回个电话，不论对他有意还是无意。无意，也要和他说清楚，有意的话，那更要说清楚了，有些东西一旦错过，也许就是终身的遗憾了。一旁的曾少鹏，极其伶得清，见她打电话，就走到另一侧，离她远一点的地方，也给李菲打了电话，发了信息。

徐昊在等待中度过了难熬的几个小时。今天的他，医院白天当值，夜间接班的同事，早准点和他做了交接。但他不急着下班，仍待在办公室继续写病历。反正下班也一个人，等待的姑娘不见踪影，还不如借工作打发他心中的煎熬和失落。不，他绝望了，他被她秒杀得很决绝，一点声息也没有，一丝机会也不给他。

正当他心灰意冷之际，王小艾的电话来了。他没看谁的来电，麻木地、机械地拿起手机，职业化的声音显得有些生硬，他说："喂，我是徐昊，请问你有什么事？"

话说出口，就听到电话中王小艾的声音："徐昊，我是王小艾，抱歉，刚看到你的信息。"

心心念念的姑娘，终于来电话了，徐昊大喜过望，像一根弹簧，嗖地一下，从座位上弹起来，抑制不住内心的激动、狂喜，发出的声音有些颤抖："小艾吗？没关系，你在哪？现在有空吗？我去找你。我们一起吃晚饭，再去看电影。"

"不好意思，徐昊。我北京的大学同学今天来苏，陪了他一整天。手机放在背包中没听到你打电话，刚看到你发的信息。我同学明天回北京。"王小艾说。她的话九分是真，一分是假，曾少鹏哪里是她的同学，分明是漂流瓶游戏邂逅的瓶友，从北京一路风尘，来到了美丽的苏州。

徐昊赶紧说："没事、没事，你忙你的。大学同学难得来，相聚一次不容易，你多陪陪。需要我效力的，你只管吩咐我做。明天我休息，随时听你召唤。"

王小艾说："你的心意我领了，谢谢你。我还有事，我们再联系。"

徐昊说："好、好。我们再联系。"他挂了电话。此刻他的心情，无比喜悦，虽然她未给他任何许诺，但她的来电，足以表明她的态度，她愿意和他来往，这是美好的开始。

王小艾结束了和徐昊的通话，又给同事打电话，同事没一丝犹豫，爽快地和她调了班。谁都有这样那样的事，她也时常和王小艾换班，多凑几天休息，带父母或孩子，外出旅行一番。

站在另一侧的曾少鹏，正望着远处，若有所思。王小艾一蹦一跳，走到他跟前，右手在他眼前晃了晃，打趣说："想什么呢？那么出神，不会是想家了吧？"

曾少鹏回过神来，见王小艾一脸真诚，表情中有探究，她的言下之意，你有心事？可不是嘛，他满腹心事，不然怎么会"从天而降"，不打招呼来到陌生的地方，来见网上只聊了三天的"瓶友"？

是啊，他究竟何为？是为一睹"瓶友"真容，还是对苏城的向往，又或者是其他一些原因。而且是在女友不知所踪的情况下，还竟然有如此雅兴，结伴网友，游山玩水，优哉游哉。他是人们口中的"渣男"吗？

他未置可否地笑了笑，问："我们下一站去哪儿？"是啊，盘门景区晚上不能游，那有夜间玩的地方吗？

当然有，好玩的地方多着呢。王小艾神秘一笑，说："带你去一个好地方，外地游客很少去的地方。"她想好了，去平江路，苏州保存最完好的古街。

曾少鹏好奇地问："什么好地方？"

王小艾说："平江路。听说过吗？"

曾少鹏说："没有。我知道有个山塘街。看过《红楼梦》，记得开卷第一回里'东南有个姑苏城，城中阊门，最是红尘中一二等富贵风流之地。这阊门外有个十里街，街内有个仁清巷，巷内有个古庙'，后来我查阅了，十里街说的就是山塘街。"

王小艾说："呵，知道得真不少嘛。"

曾少鹏说："那是当然，从小就向往的城市，自然多关注一些了。"

王小艾说："好吧，明天游盘门、阊门和山塘，了却你的夙愿。我们现在去平江路，更具老苏州味道的街巷。"

曾少鹏问："远吗？"

王小艾说："不远。走过去十几分钟。"

两人说着话，往平江路方向走去。王小艾向曾少鹏介绍平江路的景致特色，张口就来。

"在我们苏州，流传着这样一句话：先有平江路，后有苏州城。可见平江路的历史多么悠久！在苏州最古老的城市地图，宋代《平江图》上，就有平江路这条街道。八百多年来，平江路仍然保留着原来的河流形态、街道建制，以及'水路并行，河街相邻'的水乡格局，是我们苏州古城最有味道的一处历史文化古街区。白居易曾赋诗描述：'百千家似围棋局，十二街如种菜畦。'"

"我已经迫不及待了。"

"快到了，前面就是。"

夜色像一个好动的精灵，将日光一点一点驱赶，并取而代之，一片华丽灯光，点亮黑色序幕下的平江路。夜幕下的平江路，如蒙上面纱的少女，陡然增添了几分神秘。那燃起的街灯，为这条既古老又时尚的平江路，增添了一些纸醉金迷、活色生香的色彩和味道。

王小艾寻了一个吃的地方，靠沿平江河的露天位置，坐了下来，点了鸡脚、奶酪、鱼肉三鲜馄饨、手抓酱猪手，两人各一份，这是游客到平江路必吃的特色小吃。好像不吃这些小吃，就等于没游过平江路一样。

两人一边吃，一边欣赏平江路的夜景。晚风裹挟河水的清香，萦绕在平江路上空，河水清澈，阵阵涟漪，不紧不慢地流淌，吟唱着古老的歌谣，仿佛在向游客诉说着苏州的历史。

平江河河面不算宽，几座石桥横跨河两岸，连接着两岸的生活。一艘艘木船划过水面，传来船娘软糯的吴语小曲。船在水上，人在画中，小桥流水，倒映着斑驳旧影。垂柳依依，掩映着白墙黑瓦，如同一幅绵长的水乡画卷。青石板路上，嗒嗒作响的，不只是游人的脚步，还有历史的回声。

"对不起，小艾，我的突然到来，把你的休假计划都打乱了。你是不是感到疑惑，我怎么突然就来了？"曾少鹏冷不丁地开口，而且语气有些沉重。

王小艾还在啃鸡脚和猪蹄，这是她的最爱，当然还有妈妈烧的红烧肉。她一边吃，一边看平江路的灯光、来来往往的游人、河里的摇橹，一边听传来的昆曲、评弹。她陶醉在如梦如幻的夜色中了。

"哪里话啊？我很开心，我很长时间没出来玩了。我要谢谢你，给我这次机会，不然，今天的我，还窝在家里写论文呢。"王小艾收回了目光，然后定格在曾少鹏脸上。

夜间的光线微弱，看不清他脸上的表情，他说话的语气沉重，好像有满腹心事。是的，如他所说，她对他的突然降临，感到奇怪。她猜测过很多可能，比如他喜欢她，所以不远千里来苏见她；也猜测他居心不良，想骗财骗色；又或者，就是一游仰慕已久的苏州城。

现在他主动提起，正好听听他的解释，解除她心头的疑惑。

"是啊，怎么突然想到来苏州玩了？"

"我快要结婚了。"

"啊？"王小艾没想到他这么说，惊讶了一声，心想，她猜的第一个可能否定了，他有女友，并且要结婚了。不知怎么的，王小艾心底突然涌起一丝丝失望，她吐槽自己，瞎想什么呢。便马上说道："好啊，祝贺。"

但又一想，结婚和突然来苏有什么关系啊？

"谢谢。"曾少鹏说。

"怎么不和女友一起旅行？"

"她出差了，清明前一天外出的。"

"哦。"

王小艾不吭声了，心中泛起一丝不悦，心想，趁女友出差之际，瞒着女友，到苏州来见另一个女孩，这不是吃着碗里的看着锅里的吗？但她又不好说什么，他从来没对她说过喜欢她，也没给她一丁点儿喜欢的暗示。他们只是玩漂流瓶游戏的"瓶友"。说白了，只是闲暇无聊时打发时间的说话对象。难道你想发生点什么吗？

曾少鹏见她"哦"了一声，却没再往下说，知道她生气了，又不知道该如何解释他的这种行为。两人沉默了一会儿。

月上柳梢头，人约黄昏后。一轮明月伴随着轻柔的风冉冉升起，皎洁的圆月，明亮而清澈，像光芒四射的水晶球，月光如倾泻的清流，映照在每位游客的身上，连同华丽的灯光。

曾少鹏开口了，他说："抱歉。"王小艾仍没吭声，眼睛望着别处。接着，他又说了一句："我害怕。"

"啊？"王小艾又惊讶了一声，收回眼神，望着曾少鹏说，"害怕什么？"

"不知道，心里很乱，乱糟糟的。"

"害怕结婚？"王小艾问。她知道有一部分青年男女在结婚前，随着婚期的临近，会有一种莫名的恐惧，甚至会产生临阵脱逃的念头。她自己何尝不是如此？还没到谈婚论嫁，就逃之夭夭了。这是一种回避心理在作祟，心理学上称之为"结婚恐惧症"。

结婚恐惧症的产生一方面是社会舆论对婚姻生活的负面宣传，一些媒体对各种婚姻问题的剖析过多地暴露了婚姻的阴暗面，使有结婚意向的人感到一种无形的压力，以致产生对婚后生活走向过分忧虑和对婚姻失败的恐惧；还有一部分人并不是婚前恐惧，而是到了最后一刻，才真正认清自己的内心，明白了自己不爱和自己走向婚姻的这个人。

其实，所谓婚前恐惧，并不是一种心理疾病，而是想要获得对方更多的爱，来填补内心对爱和安全感的缺失。

王小艾是学医的，学过心理学，清楚自己为什么对婚姻生活恐惧。她自小在父母的争吵声中长大，小学五年级的时候，因为父母的又一次大吵，她离家出走了。那次，父母也吓坏了，自此，父母的争吵有所减少，也可能是不当着王小艾的面大吵大闹了，但在她幼小的心里，已留下了不可磨灭的阴影。

那他又害怕什么呢？对婚姻生活的恐惧？还是不够爱对方？

曾少鹏未置可否地笑了笑，笑得勉强，又有一些无奈，他没正面回答她的疑问，只说："出差三天了，到现在一点音信也没有，给她电话，打不通，发的信息，也没回。从没有这样过，我不知道发生了什么。"

"你担心女友的安危？"王小艾又问。她皱了皱眉头，心想，来苏和担心女友安危又有什么联系呢？再说，朗朗乾坤，光天化日，法治社会，会有什么不测呢？他是不是多虑了？

难道他女友不爱他？或者和别的男人私奔了？所以，他为了逃避某些东西，就来苏见网友。此时的王小艾，内心活动极其丰富，想象力也超常，像极了一位侦破案件的推理能手。她有点同情他的不幸遭遇了。嘻，她是不是又想多了？

"我不知道，我是不是患上了婚前恐惧症？有时，我很没自信，从没有过的。担心自己做得不够好，就让对方失望了。担心自己，也担心女友，会厌烦婚姻生活的柴米油盐，然后，互相看不顺眼，然后彼此伤害。女友事业很成功，和人合开了一家律师事务所。而我这几年，事业几乎停滞不前，她会不会有别的想法？所以，她不接我电话，不回我信息。"

王小艾最见不得别人烦恼或痛苦了，就像对来卫生所找她看病的病人，她总是不厌其烦，和颜悦色，听病人诉说身体上、精神上的痛苦，然后，对症下药。所以，卫生所附近一带的居民，尤其是老年人，有事没事，总来找王小艾，和她说说话，唠叨上几句。他们说，小艾医生有耐心，脾气好，还善解人意，和她说说心里话，烦恼就没有了。

她看出来了，他和她一样，患上了结婚恐惧症，只是原因不同罢了。虽然自己的焦虑还没得到有效缓解，但既然人家把她当成朋友，或倾诉的对象，向她吐露心声和内心的苦恼，她总得有所表示吧。于公，她是一名医生，虽然不是一名心理医生，于私，她现在是他的"瓶友"。

"一定不会有什么事的。没有音信，说不定出差的地方信号不好，又或者她不方便给你打电话。你要相信她，更要相信自己。茫茫人海中能找到一个喜欢的人，很不容易，彼此喜欢，那更是何等幸运。而且，你们即将步入婚姻的殿堂，做出这样的决定，我想彼此一定是深爱着对方的。执子之手，与子偕老，相濡以沫，共度一生，这是婚姻最完美的状态。当然，漫漫人生，婚姻长路，肯定会遇到一些问题，遇到问题就解决啊。就像我们在人生路上遇到的一些挫折，去解决、克服和战胜。我们不能当逃兵。再说，未来的事情谁知道呢？我们就珍惜当下，珍惜现在的每一天。如果瞻前顾后，畏首畏尾，那什么事也不用做了，也就注定一事无成。回去和你女友多沟通、多交流，把你心中的想法和顾虑，都说给她听。"

此时的她，像极了一位婚姻专家，开导起来滔滔不绝，语重心长，这与她的年龄和穿搭，极不相符。但她说话的神态，完全是婚姻心理专家的口气，动之以情，晓之以理。

或许是王小艾的话起了作用，曾少鹏暗淡的眼神，忽地亮了一下，嘴角扬起一抹微笑，他说："谢谢你小艾，你的一番话，让我茅塞顿开。

我此番来苏，真的不虚此行，不但领略到苏州的好风光，还能见到你，名副其实的苏州'热心市民'。我回去后，会和女友好好沟通，把心中的顾虑、不安，说给她听，不管未来发生什么，一起面对，一起迎接未知的挑战。小艾，再次谢谢你，你的真诚、善良、纯真、朴实，让我感动。很高兴认识你！"

说完，他取下戴在脖子上的一块玉，是一块白玉，在月色的映照下，泛着晶莹的光泽，上面刻有"如意"二字。从曾少鹏记事起，这块玉就陪伴他了，上面的字也是他父母的愿望，愿孩子一生如意。现在，他要把它送给她。

"我此番出来，因为是临时决定的，再加上行程匆忙，所以什么东西也没准备。这块玉，是我父母给我的，我从小戴着，现在，我把它送给你，愿你一生如意。"

王小艾哪能要别人的东西。如果是一件普通的物品，她也就欣然应允收下了，但这是他自小佩戴的白玉，尽管她不懂玉的行情，但估计价格不菲。她推辞道："你的心意，我领了。但这是你父母给你的，里面有你父母的心愿。把它给了别人，怎么向你父母交代？我不能要。还有，你又怎么向你未婚妻交代？"

"收下吧，小艾，请不要拒绝我的祝福。你在我心里，早已是很亲近的人了。我会向我父母解释的，我会说，我把它给了你们的干女儿、我的干妹妹。如果你不收下，那就是不想认我这个哥了，我要生气的啊。至于我未婚妻李菲，我也会和她好好解释的。"

当然，他不会生气，他说这话，就是表明他要她收下的坚决态度。既然把话说到这份上了，她唯有收下，才能安抚他内心的不安。

"谢谢哥。"她果真认了他为哥。她知道，他和她不可能有别的关系，而他也知道。这也是他们最好的相处方式了。

他走到她身边，把玉戴在了她的脖子上。王小艾的眼睛里泛起了泪花，她心里清楚，这是一种怀念，一份珍藏，更是一生美好的记忆。她更深切地知道，他和她，一个在北京，一个在苏州，有各自的生活。或许这次的离别，就成为人生道路上彼此的一个过客。

一向矜持、腼腆的王小艾，在这一刻，放下了所有的戒备，这个只有一面之缘的男人，用他的热诚、风趣和情感的主动，唤起了她隐藏于内心深处对爱情的渴望。还有她对他说的那一番话，其实，也是对她自己说的，如果不迈出第一步，永远不会有收获。

她转过身，把头靠在了他的胸前，声音有些哽咽，她说：“我会一直戴着它，戴一辈子。”

月光昏晕，星光稀疏，夜阑人静。热闹了一天的人们，各自散去。大地万物复归平静。不知谁家的狗，发出的一声犬吠，打破了夜的寂静，接着，又陷入无边的静谧。

两人挥手道别。明天，又将是全新的一天。

五

2012年4月4日，清明小长假的最后一天

这一晚，王小艾睡得很香甜。她做了个梦，梦见自己和一个男生，手拉着手，奔跑在广阔的田野。田野里，一大片盛开的油菜花，在阳光的照耀下，发出金灿灿的光，犹如一片黄色的海洋。美丽的蝴蝶，围绕在他们身边，翩翩起舞。

她甩开了他的手，迎着清风，大步流星地跑，肆意地跑，跑得酣畅淋漓。她对他喊道：“来追我啊！”

他也高喊道：“我来了，你跑不了了。”

两个欢快的身影，一前一后在黄色的海洋中奔跑。不一会儿，身影重叠在一起，阵阵朗朗的笑声，在广阔的田野上空回响。

王小艾醒来的时候，空气中好像还弥漫着一股油菜花的清香。生长在农村的她，对油菜花有特殊的情结。油菜花盛开的季节，她常和小伙伴玩捉迷藏的游戏，他们或俯卧隐蔽于油菜花掩映的田埂上，或躲藏在一片浓密的油菜花深处，再或者低下身子穿梭在油菜花丛中，迷惑来寻找的小伙伴。

有的小伙伴也很机灵，他们会采取一些战术，比如声东击西，他们故意大声喊："王小艾，出来吧，我们看见你了。"其实，小伙伴根本没看见躲藏于油菜花丛中的王小艾。王小艾信以为真，从茂密的油菜花中直起身子，露出脑袋。然后，引来小伙伴的一阵大笑，笑着说："你上当了。"

一直到暮色渐浓，村庄上空升起了袅袅炊烟，小伙伴们才尽兴而归。王小艾也跟着小伙伴一蹦一跳一道回家，还有她手中的一把油菜花。油菜花插在大口的玻璃瓶子里，一晚上下来，满屋子的油菜花香。

醒来的王小艾，没有立即起床，赖在床上，望着白色的天花板，回想梦中的情景。梦里的场景，很亲切，似曾相识，对的，就是小时候家乡的田野，家乡田野里盛开的油菜花。那男生呢，印象有些模糊，但也很熟悉，不是固定一个人的相貌，像曾少鹏，又像徐昊。

王小艾笑了笑，那是甜蜜的笑，甜蜜的梦境带来愉悦的心情。她伸了个懒腰，揉揉惺忪的睡眼，起床，走到窗边，拉起窗帘，推开窗户，只见一道金黄的阳光探进来，明亮又温柔，照在脸上。心底的温暖，还有爱意，油然而生。新的一天又开始了。

王小艾拿起手机，一看时间，轻轻地"呀"了一声，原来，上午时间早已过半了。按照规划的行程，她今天要带曾少鹏去盘门、阊门和山塘街一游。她一边敲脑袋，一边喃喃自语："设置好的铃声，怎么没听见呢？哎呀，我睡得太死了。"

再一看手机，上面有三条未读短信，都是曾少鹏发来的。她赶紧点开第一条信息：

"当你看到短信时，或许，我已在回北京的路上了。你一定会感到奇怪，我怎么说走就走了呢？就像我说来就来一样。亲爱的小艾，我女友给我来电了，把她在那里所发生的一切都和我说了。她那几天，忙得不可开交，为了不被人打扰，便切断了一切通信和网络。她接手的案子，现在了结了，了结得很圆满。她今天下午回北京。"

"太好了。"她回复道。又点开了第二条信息。

"小艾，我中午就能到家，正好赶上接回北京的女友。我想她了，她不在的几天，我很失落，我确定，我爱她，我有信心和她一起，战胜一切困难。到时，我要邀请我的小艾妹妹，来参加我的婚礼。一起见证我们的幸福。"

"谢谢哥的邀请，我要来的。预祝哥和嫂子百年好合、永结同心。"她回复完第二条信息，点开了第三条信息。

"亲爱的小艾妹妹，谢谢你的陪伴，你带给我的快乐，我会一生珍藏。你是个好姑娘，我会在北京默默地祝福你，关注你。希望你早日找到真爱，我也更坚信，一定会有一个好男儿，来到你的身边，呵护你一辈子的。"

这条信息，王小艾没回复。她的心里，有一种说不出的滋味，五味杂陈吧，有酸楚，有甜蜜，有失落，也有高兴。

规划好的行程，又变了。今天的她，可以什么事也不用做，躺在电脑里的论文，就让它继续躺着吧。还有她自己，也回到了床上，重新躺了下来，她闭起双眼，让翻滚的思绪，或随风飘扬，成为一缕轻烟；或凝结在心底，成为永远的记忆。那何尝不是人生道路的一处风景呢？一切回到了原点，一切将重新开始。

徐昊适时地打来了电话，问："小艾，今天有空吗？"